U0939338

タルトはいかが?
要来块水果塔吗?

[日] 小林泰三 著　烨伊 译

CNS 湖南文艺出版社
HUNAN LITERATURE AND ART PUBLISHING HOUSE

目录

朋友

鲇川美智朝我走来。

我深吸了一口气。午休就要结束了，大家都回了教室，走廊上一个人也没有，只剩下我和鲇川。

鲇川瞥了我一眼，但似乎没有什么特别的意思，径直朝自己的教室走去。我也假装不看她，虽说没什么必要，但还是取出《学生手册》哗啦啦地翻页，余光稳稳地盯住她。

她的表情看不出好恶。对她来说，我大概就像路边的野花。

我也留意自己的表情，有意识地隔绝了大脑连通面部肌肉的所有神经。

脸上的肉冷不防跳了一下。

她毫无反应。

我调整心情，慢慢地走着，想尽量在她营造的氛围中多停留哪怕一秒。

预备铃响了。

鲇川开始小跑。

我不知该如何是好，呆呆地站在原地。

擦肩而过时，她的胳膊肘碰到了我的侧腹。

那是绝顶幸福的瞬间。

《学生手册》从我的手中飞出去，滑到走廊上。

她停下来，望着我。

我没有勇气与她对视。不知道为什么，总觉得她一定在瞪着我。我低下头。

时间仿佛无比漫长，又仿佛只是短暂的一瞬。她可爱的脚步声再次响起。

我弯下身子，捡起手册。

我是个胆小鬼。从未试过让事情如自己的想象发展。有时明明是对方的错，我也没有一句怨言。我自己也觉得荒唐，知道这样做相当于在扮演一个吃亏的角色，但这是我与生俱来的天性，我对此毫无办法。

不，究竟这性格是否与生俱来，我心里还是有疑问的。每个人肯定都爱惜自己，我的性格不可能是自愿形成的。其中一定有某种原因。仔细想想，也不是没有一点线索。

我的母亲似乎认为孩子应当严厉管教，管得越严，孩子就会越坚强、聪明、认真。若是一味溺爱，孩子就会越来越糟糕。因此她不分轻重，从我很小的时候起就对我严加斥责。

在我用被蜡笔弄脏的手摸杯子的时候，搞错平假名的笔顺的时候，考试没得满分的时候，有蛀牙的时候，晚上大声喊叫的时候，家长来校参观时没举手回答问题的时候，文艺活动中没拿到有台词的角色的时候，摸流浪狗的时候，早春鼻子不舒服的时候。

吃饭的时候母亲尤其兴奋，怒气明白地写在脸上。我一被骂就没有食欲，吃不下饭。这样一来更加激怒了她：费了很大力气做的饭，你为什么不吃？我勉强把筷子送到嘴边，饭菜索然无味。

母亲原本饭量不大，每当此时却仿佛食欲大盛。

我无论做什么都做不到完美，反正怎样都会挨骂，还不如什么都不做。

渐渐地，我被这些条条框框束缚，成了不主动做任何事的、沉默而无趣的孩子。

孩子们能敏感地嗅到这股气息。欺负人的孩子不可能谁都欺负。日复一日的相处能让人渐渐看出谁有反抗的力气，谁没有。他们找到目标时，往往会半开玩笑似的发起轻度攻击加以确认。如果这时目标的反抗出乎意料，就意味着他们认错了人。他们便放弃这个目标，再去找新的牺牲品。

有人认为，不仅欺负人的孩子有问题，被欺负的孩子也有问题。也许确实如此。可这就像遭了小偷要赖家里的门没关严，受侵略要赖国家军备不充足一样，不能构成加害者免责的理由，也不能成为谴责受害者的根据。更何况，欺负人的孩子可以凭自己的意愿欺负人，却没有人自愿成为被欺负的对象。

可母亲鼓励我受了欺负就要报复回去。这是多没营养的建议啊。我要是下得了手，根本就不会成为被欺凌的对象。

我唯一能采取的战略，就是尽量不让自己引起别人的注意。欺凌一旦开始，无论被欺凌者的态度是卑躬屈膝，还是大义凛然，几乎都不会对结果造成影响。这原本就不是一场对等的游戏，只有静待暴风雨过去。

动画片里有一个戴眼镜的小男孩，身后总是跟着一只可靠的猫型机器人。他和我一样不擅长运动，胆子小，智力方面我大概在他之上。尽管如此，我身边却没有任何人。我比他还要可怜许多。

不知不觉间，我开始幻想自己理想的模样。

理想的我对任何事都有明确的自信。虽然运动能力没那么优秀，但仗着过人的判断力和毅力，经常在赛场上收获不错的成绩。由于信念坚定，同学们都很认可我，老师们也对我信赖有加。母亲很清楚我的性格，对我的教育采取放任主义。我总是按照自己的想法行动，而我的行动正好和周遭对我的期待完全一致。

纵使我如此完美，偶尔还是有人要找我的麻烦。

“喂，我忘带便当了！！去给我买面包来！！”这个呆头呆脑的家伙也许是想震慑对方，故意用沙哑的声音说话。

“忘带便当是你的不对，干我什么事。”我坐在桌前，平静地回答，“想吃面包，就自己去买。”

（“欸？不、不行的。第四节课马上就要开始了呀。”我的目光躲开了对方的视线。）

“你说什么？！你以为你是在和谁说话？！少啰唆，你去买就完事了！！”

（“开始了又怎么样！！反正老师也不会发现的！！”）

“你想买面包就去买，不想去就饿着肚子忍一忍。反正无论怎样都与我无关。我忙着呢，快上一边待着去吧。”我直言不讳地打断了他的话。

（“万一被老师发现了，可要怎么办啊？我就无故缺席了。”我试图逃避对方不合理的要求。）

那家伙在我桌上重重地拍了一下，恶狠狠地瞪着我。

我毫不畏惧地回瞪。

（“到时候我会帮你蒙混过去的啦！！就说你不舒服，去医务室了！！这样可以了吧！！”）

那家伙左手抓住我的胸口，拽着我的上半身，右手握成拳向身后拉开。看样子是想揍我。

（“能不能等午休开始再说？”我试着哄他。）

我猛地站起来，那家伙还攥着我胸前的衣服，一下子没反应过来，失去了平衡。

（“哼！！你真窝囊！！唉，算了！！不过午休开始后，你要在五分钟之内给我买回来！！”那家伙不情不愿地放了我一马。）

我看准那家伙支撑身体的那条腿，伸脚踹在他的膝盖上。

“呜哇！！”那家伙惨叫着倒在地上。

（“唔，你能先把钱给我吗？”我明知道他会怎样回答，还是抱着一丝希望，怯生生地问。）

“你要干什么！！”那家伙慌忙站起来，与此同时，周围传来一片哄笑。不知从什么时候起，班上的同学都竖着耳朵听我们的对话。

（“钱?！我今天还忘带钱了！！你借我啦！！”我听到了预想之中的回答。）

那家伙眼见着满面通红，被大伙嘲笑似乎狠狠地伤害了他的自尊。

“该死!! 拿我当傻子耍吗?!”他从兜里掏出一把小刀。

（“我、我知道了。面包钱我借你。买便宜的也可以吧?”我破罐子破摔地问。）

他的手刚攥住刀子，就被我踢中了。小刀从他手上飞脱，在空中转了几圈，开始往下掉。大家一哄而散，逃开刀子可能掉落的地方。“扑哧”一声，刀子笔直地插在众人围起来的圆圈中央。

（“给我看一下你的钱包!!”他强势地命令我。）

（我慌兮兮地从兜里掏出钱包。）

“喂，怎么回事? 发生什么了?”老师们听到骚动声，走进教室，“咦? 这把刀到底是怎么回事?”

（那家伙一把抢过我的钱包，从里面抽出纸币。“哼!! 就这么点儿钱? 真让人扫兴!! 算了，我就饶了你吧!! 给你留点儿零钱，用它去买面包!!”他把我的钱包扔在桌上。幸好我之前偷偷地从钱包里拿出了几张纸币，至少没被他夺走全部财产。）

我没有回答老师们的问题，只露出一个爽朗的笑容，坐回椅子上。女生们已经开始讲述事情的始末。

“是吗？当着这么多人的面动了刀子，那谁也保不了你。”一位老师沉痛地说，“看来必须报警了。”

其他老师也同意。

（我松了口气，刚要将钱包放回兜里，却有东西轻飘飘地飞了出来。是我之前藏的纸币。我把钱藏在袖子里，但它不知怎的掉了出来。我慌忙伸手在地上抓，那家伙却把我的手和钱全踩住了。

“喂！！还蛮会搞小动作的嘛！！”那家伙的手伸进兜里调侃道，“可惜太天真啦。”他加重了踩我手的力道。）

“吵死了！！”那家伙像穷途末路的野兽般吼着，“我要把你们都杀了！！”他的拳头对着一位老师挥过去。

我倏地把脚伸到他前面，他狠狠地摔在地上。我趁机抓住他的手，拧了一圈，将他压倒在地。

周围响起一片掌声。

（“痛痛痛痛痛！”我挣扎着想要将手抽走。

那家伙突然抬脚，惯性的力量得以释放，我一屁股坐在地上。

周围响起一片哄笑声。）

我想出一个有趣的点子——假设那个理想的我真的存在。

独自在房间的时候，或者一个人走在路上的时候，我会暗中描摹理想中的自己。刚一开始很难想象自己的样子，但习惯后，大脑就能在几秒钟内勾画出自己的轮廓。比起照镜子，看照片更容易抓住人的特质。因为镜中的自己往往是一个观察者，无论如何也无法客观地审视。

单纯想象自己的模样有些无趣，我开始细致地推想他存在于房间，或在外面走路的样子。就连另一个自己走路时榻榻米发出的吱呀声和带起的沙尘，都尽可能详细地在脑海中呈现。

理想的那个我肯定能成为我理想的参谋。反正另一个我做什么、说什么都由我决定，基本上不会超出我自身的思考范围，但这样做可以凸显现实中的我的问题，对于解决问题应该是有帮助的。

我先试着抛出自己的问题。另一个我思考一会儿，会返回准确的解答。当然，真正思考答案的是现实中的我，是我在设想理想的自己会如何回答。起初我要花很长的时间才能找到答案，但习惯之后，反应就越来越快。渐渐地，我们的对话几乎变得与现实中的人讲话一样自然，那感觉就像和梦里的人说话一样。这样说，你们大概就明白了吧。我看一些作家写过，小说中的人物有时会自己行动，也许和我的情况类似。另一个我既是我，也是我的老师，还是没什么朋友的我唯一的密友。

“最近，那个蠢货缠着我的时候，”我坐在桌前的椅子上问另一个我，“我没少受折磨，你却轻松地解决了他。要怎样才能像你那样冷静地处理问题呢？”

“哎呀，很简单嘛。”另一个我倚在书桌上，抱着胳膊回答，“就是预测。预想对方下一步要做什么，我应该如何回应。然后对方又会对我的行为如何反应。总的来说就是这些预测的累积。”

“要是能做到，我也想这样。”我噘起嘴，“但那家伙一靠近，我就怕得心慌，眼前一片漆黑。”

“为什么要害怕？我一点儿也不怕那家伙。”

“那家伙比我力气大。要是打起架来，我肯定不堪一击。”

“你怎么就这么确定？一开始就总想着自己会输，那可绝对赢不了。像我就知道自己会赢，所以根本不怕。”

“你真是自信啊。但我倒要问问你：你也没法保证自己一定会赢吧？”

“但我也没法保证会输。”另一个我调皮地笑了笑，“实际上，输或赢都是有可能的。”

“你不也是这样想的吗？”

“听我说完嘛。我们做的是主观的预测，和客观预测棒球、赛马的输赢不是一回事。”

“主观的预测？”我有一瞬不明白另一个我在说什么，跟不上他的思路。

“无论我们怎么预测，棒球比赛的结果都不会对我们产生影响。也就是说，预测和结果都是独立的。可自己和欺负人的家伙决一胜负就不同了，预测会对结果有很大影响。可以说，想输就会输，想赢就会赢。”

“这怎么可能呢？就算觉得自己会赢，该输的时候还不是照样会输？”

“确实如此，但基本可以说，想着会输的人很难获胜。只有相信自己会赢，才能有胜算。觉得自己会输，就绝对赢不了。运动员、学者、政治家、棋手都是这样，一流的人总是确信自己会赢。确信是胜利的必要条件。如果想着自己会输，那就什么好事都不会有。”

“说得轻巧。但我在现实中一直都在输，根本没法想象自己能赢。”

“这就是恶性循环。因为真的输了，就更确信自己会输。乍一看像是合乎情理，但我不接受。没有人是从一开始就很厉害的。就算一直输，也要相信自己总有一天能赢。只有带着这种自信，才能成为赢家。你的不自信是有其他原因的。”

“其他原因？”

“你太害怕失败了。每次失败都会被骂得狗血淋头，这恐怕才是真正的原因。即使胜算很大，只要有一点失败的可能，你也会觉得不值得挑战。这一点，已经深深刻在你心里了。”

“我要怎么做？怎么做才能变强？”

“要先尝到胜利的滋味。”另一个我的眼中闪着诡异的光，“对胜利的记忆会让你确信下次也会胜利。”

“要是真能这样，我也就不用这么辛苦了。”

“别担心，我来帮你。我就是为了这个才出现的。”

鲇川美智朝我走来。

我深吸了一口气。午休就要结束，大家都回了教室，走廊上一个人也没有，只剩下我和鲇川。

鲇川瞥了我一眼，但似乎没有什么特别的意思，径直朝自己的教室走去。我停下脚步，一瞬不瞬地盯着鲇川。

她的表情出现了微妙的变化。

我依然凝望着她的脸。

鲇川的步速眼见着慢了下来，脸越来越红。她终于停了下来，疑惑地回头看我，看样子想听我说些什么。她肯定想知道我为什么盯着她。尽管如此，我还是故意什么都不说，继续凝视着她。

“怎么？”鲇川大概终于忍不住了，主动发问，“我脸上有什么东西吗？”

“没，”我摇头，“不是的。只是……”

“只是？”鲇川朝我走近一步。

“什么事也没有。啊，再不回去就要上课了。”

“怎么了嘛，这样让人很好奇欸。我做了什么吗？”

“真的什么事也没有啦。好为难哦。”我挠挠头。

“我才为难呢，在走廊上遇到这种事。”

“哪种事？”

“你刚才一直在看我吧？”

“你是说我在看你？”

“没有吗？”鲇川的神情有些尴尬，“难不成是我的错觉？”

我连忙摇头，说：“不不不，才不是错觉。我刚才确实有在看你……”

“果然是看了吧？”

“但我没想死盯着你。”这次轮到我尴尬了。

“啊呀，我可没说你盯着我。只是你一直看我，我觉得有点儿奇怪……”鲇川不再说话，望着我的双眼，像是在说：现在该你说了。

我没有接话，只是回望她的双眼。她可爱地歪了歪头，大概是觉得我的行为很古怪吧。尽管如此，被我这样默默地凝望，她又红了脸，低下了头。

预备铃响了。

“不行，我得走了。”鲇川的目光在教室的方向和我的脸之间逡巡了几次，“怎么办？”

“那今天放学后怎么样？”我提议。

“欸？什么？”她焦急起来。

“我在车站前的书店等你，我们在那里聊一聊吧。”

走廊尽头的楼梯口开始出现老师们走向各个教室的身影。

“怎样？你不来吗？”我催促鲇川。

“嗯，我去。我去书店就行了吧。”鲇川脱口而出。

趁鲇川还来不及回味自己的话，我小跑着去了教室。

鲇川似乎愣了一瞬，几秒钟后，朝同一间教室走去。

我从没和鲇川在一个班上过课，所以我以为她对我几乎没有印象。

相反，我的心却总是被她俘虏。鲇川百分之百地展现了我的理想型。

及肩的漆黑长发有时会整齐地编成辫子，皮肤的颜色不是过分的白，也不是过分的黑，恰好是抓住我心的那种明亮而温暖的颜色，明艳动人。眉形细而清晰，柔和了她的表情。虽然眼角有些上翘，但眼睛又黑又圆，丝毫不会给人留下严厉的印象。鼻子和嘴小而优雅，嘴唇翘翘的，使她看上去比实际年龄小一些。浅桃色的脸蛋水灵灵的，情绪激动的时候，立刻就会变红。人要是脸红，通常会让人感到滑稽，可她红通通的脸颊却是健康美的象征。虽然个头高了一些，但手脚没有过长，而是介于身体和头之间，维持着恰当的均衡。她的身材差不多要从孩子向成年女子转变，带了一抹隔着衣服也能看出来的圆润，脸和身体没有一处棱角。

鲇川的成绩不算特别优秀，但学习认真，总能保持中游以上的水准。没有加入运动类的社团，但偶尔会在操场上跑步。每当看到她活泼的身影，我都怦然心动。

至少据我所知，没有一个人说过鲇川的坏话。她身上没有一丝阴翳，好像有几分天然呆的气质，我听说过她的一些小小的失败，但这些可爱的小插曲在我听来，更像是映衬了她的人品。她从不欺负人，也不会受人欺负。虽然不是我亲眼所见，但听说她曾保护过受欺负的同学。一般来说，做了这样的事，她本人也可能成为被欺凌的对象，但她还是没挨欺负。大概是拜她的品格所赐吧。

光是看着她，我就已经陶醉。如果能和她说话，我恐怕会高兴得上天。如果可以拥有鲇川，即使要我抛下自己的全部，我也无怨无悔。

每当独处的时候，我便召唤出理想中的自己，这已经成了每日必做的功课。其实，我偷偷给另一个我取了个名字："分身"。我也不知道自己为什么要这样做，只能说，分身是我唯一的好朋友。我尽量不去想他是我的一部分，也许正因如此，才想给他一个固定的名字。

"你的自信有多一些吗?"分身像走平衡木似的走在书桌边上问我。

"嗯，算是吧。"我暧昧地回答。

"'算是吧'?"分身保持着刚才的姿势向正上方一跃。应该是想稳当地脚尖着地，但用力过猛，头撞在天花板上。随着一声闷响，分身摔了下来。"哎呀，抱歉抱歉。"他揉着脑袋站起来，"我得意忘形，忘了考虑天花板的高度。"

"一贯冷静的你竟然会犯这种错，真是稀奇。到底发生了什么？”

“还能发生什么，”分身喘着粗气，“说不定就要和理想的女人交往了，这种关键时刻，谁还能保持冷静啊？我当然心神不宁了。”

“说不定就要和理想的女人交往的关键时刻？你在说谁？”我有些头晕目眩。

“鲇川美智啊。说到理想的女人，不就只有她吗？”

鲇川美智？他说鲇川美智！！

“什么叫你和鲇川美智交往啊？！”我不由得大声起来。

“就是‘和鲇川美智交往’的意思。顺带一提，这里的‘交往’指的是男女朋友的交往。”

“和鲇川美智交往的人，到底是谁？”这回我注意了周围的情况，压低了声音。

“我——也就是你。”

“到底为什么会变成这样？”

“你冷静点儿。”分身将手放在我肩上，“今天放学后，我约了她见面。”

“欸？这不可能……因为我一放学就……咦？”

放学后我干了什么？真实的感受在下一个瞬间排山倒海地涌来。我和鲇川在书店见过面了。

“是的，我今天和鲇川说话了。”幸福感将我围拢，“但好奇怪啊。今天我和她在走廊上碰面的时候，我应该是一句话也没说出来啊。”

“你说得很好嘛。你们还约好在书店见面。”

“你这么一说，我也觉得好像是这样。但记忆好像模模糊糊的。”

“无论模糊还是清楚，实际上你就是和她在书店见了面。所以你们肯定在走廊上讲过话了。”分身叹了口气，“拜托你振作一点儿啊。”

这是怎么回事？到底发生了什么？我知道事情的进展似乎很顺利，但我怎么可能在自己不知道的情况下擅自行动？

“和鲇川搭话的人，是你吗？”我质问分身。

“真是个没意义的问题。”分身又纵身一跃，跳到书桌上，“我就是你，所以根本没法区别事情到底是我干的还是你干的。我干的事就会变成你干的。”

“确实是会这样，但好像不太对劲。”无法准确表达自己的意思让我有些焦躁，“如果真是我做的，那不用别人告诉我，我肯定也是知道的。而我却直到你告诉我后，才知道自己和鲇川说了话。”

“谁都会忘事的。”分身似乎一点也不介意这些。

“这不是突然想不起来。我是有记忆的。直到刚才为止——真的是刚刚的事，其他的记忆还很清晰。我最终没和鲇川搭话。在走廊上和她擦肩而过的时候，我还故意转过脸去，然后……呃……然后我做了什么？”

“你看，果然是你记错了。仔细想想吧。你不是停下来，盯着鲇川看了吗？”

“对。我停下来盯着她看。然后鲇川觉得我很奇怪，问我‘怎么？’……”

“你看，这不是想起来了吗？”

“我说了些让她浮想联翩的话，引起了她的兴趣，然后约她放学后在书店见面。”

“回答正确。”分身拍起手来，“和她的第一次约会开心吗？”

“说是约会也太夸张了吧，我们无非是站着聊了一会儿。”

“仅此而已吗？”

“还约了下次见面。”

“那已经很棒了。”

“这样太奇怪了。”我隐隐觉得不安，“在我不知道的时候，事情不断地向前推进。”

“你是知道的。正因为知道，才能说得这么详细。”

“这样不算知道。在你告诉我之前，我都不知道。要借他人的帮助，才能想起自己的事，这也太莫名其妙了……”

“你在说什么啊？”分身认真起来，“他人是指我吗？我不就是你吗？不过是自己制造了一个契机，让自己想起做过的事，这有什么奇怪的。还是说，你难道是把我和你区别看待的？”

“那当然不可能啦。”我慌忙摇头。

“那我就放心了。”分身脸上的笑容又回来了，“我还担心呢——你会不会已经给我取名字了？”

我的鸡皮疙瘩慢慢起了一身。

“怎么了？你又在思考什么？”鲇川开玩笑地问。

“欸？嗯……”没想到鲇川在我身旁，我吓了一跳，下意识地找了个借口，“不好意思，我只是有些担心考试的事。”

我正在和鲇川第三次约会。记忆苏醒了。怎么会这样？今天不是第一次约会了。可我没有前两次约会的经历。不，好像也不是没有经历。第一次约会一起去了附近的游乐园，第二次是去看电影，今天是去水族馆，我们正并排坐在电车里。脑海中的记忆的确鲜明，可怎么也没有真实的感受。简直不像是自己的经历，而是在录影带中看到的别人的经历。

“今天你好像有点儿奇怪呢，怎么感觉有些阴暗？”这一次，鲇川的语气认真了些，“就像另一个人似的。”

我流下了冷汗。看来分身游戏玩过头了。最近，我总是觉得分身有些别扭。也许是精神上吃不消了吧。我盘算着不再召唤分身，反正我已经和鲇川顺利交往，也有了自信。我已经不需要分身了，就将他埋藏在我心底吧。

“谁知道呢，最近我太逞强了。”我努力放松僵硬的脸颊，试图挤出一抹笑容，“那个，嗯，因为想和鲇川交往……所以……怎么说呢……我一直在演绎理想中的自己。真正的我不是这样的。我其实很胆小、很没出息，一点儿也不聪明。”我勉强让干燥的舌头动起来。

“干吗突然这样说？”鲇川微笑着，看来是以为我在开玩笑，“你根本不需要演戏，我喜欢的是你原本的样子呀。难道说，我喜欢的你都是演出来的？那也无所谓嘛。如果你能演得那么好，也是你的魅力呀。”

我开心极了。那天的约会虽然不太顺畅，但她似乎不太在意。这样下去的话，我们应该能顺利交往下去。

“下次也星期天见？”分别时，鲇川问我。

印象中，下星期一有一场小考，不能放着不管。而且如今的我觉得，自己应该能努力一把。

“唔……哪天见呢？再往后的星期六可以吗？”我惴惴不安地问。

“可以呀。那就星期六见。”鲇川的脸上闪过一丝失望，却很快恢复了笑容。

啊，鲇川和我真的很顺利——我真实地感受到这一点。还是不要告诉她那件事了。等到一切水到渠成，再告诉她也不迟。

小考的前一天，我从早上就把自己关在家里温习。这本该是和鲇川约会的日子，但哪天约会都不迟。如果一直沉溺于快乐之中，说不定最后什么也得不到。

小考顺利结束的那个午休，我在校园的一角放松，鲇川迈着轻盈的步伐走了过来。

“昨天非常感谢。”鲇川说。

一股浓黑阴郁的感觉从下腹涌上胸口，我的身体似乎拒绝理解鲇川话中的意义。

事情开始走样了，再不赶快干预就来不及了——我直觉如此。不，也许事态已经无可挽回了。

我舔舔嘴唇。鲇川在为昨天的事向我道谢。这是否意味着昨天我和她约会了？可我没有昨天和她约会的记忆。我做了个深呼吸，试着在脑海中翻找，但这次真的什么也没有找到。归根结底，我昨天根本没踏出家门一步。家里人都可以做证。这也就是说，不是什么双重人格、记忆丧失的问题，而是另一个我得到了字面意义上的独立。不，现在下结论为时过早，要先和她确认一下。

啊，可我要怎么确认？若是直捣问题的核心，劈头就问，她一定会很受打击。然而，也不能一味顺着她的话聊下去。

“我，我才要谢谢你。”我的回答无功无过，额头直冒汗。

“所以，昨天的你是真的你吗？还是演出来的？”她半开玩笑地问。

我眼前一黑。鲇川昨天果然和我约会了。我的心跳越发剧烈，呼吸开始困难。

“唔……怎么说呢？最近我自己也有些搞不懂了。”我忍着晕眩，勉强维持着平衡，没有倒下，“你怎么想？”

“这个嘛。我也说不太好，但昨天的你棒极了。就算那是演出来的，也没关系。”鲇川调皮地笑了，“不过无论怎么说，你昨天也太心急啦。我们才刚刚开始交往呀。

别着急，还是慢慢来吧。”

我再也承受不住，当场蹲了下去。

“哎呀，你怎么了？”

“没事。就是晕了一下。一定是因为睡眠不足。”

“你不会是为了准备今天的考试熬夜了吧？傻瓜。与其那样，把约会放到后面也没关系呀。”

“正是因为见到了你，我才有力气熬夜啊。”

鲇川疑惑地歪了歪头。

糟了。我是模仿着分身的语气说的，看来适得其反。沉默是金，最好还是少说多余的话。

“如果身体垮了，就太不值得啦。喏，手给你。”

我攥住鲇川伸过来的手。

“呀！”她的手缩了回去。

我直接从半蹲的状态摔坐在地上。

“你到底是谁?！”鲇川害怕地盯着我。

我该怎么回答？我就是我。这是毫无疑问的事实。然而，分身也是我。现在鲇川似乎认为分身才是我，那么，不是分身的这个我到底是谁？

鲇川愣了一会儿，终于如梦初醒般捂住嘴：“对不起！我好像说了奇怪的话。”

“没关系啦。好累。我累了，你也累了。大家都累了，所以才会慢慢变得奇怪。”

“说不清为什么，我觉得好可怕啊。”

“很快就会结束的。”我冷静地回答，“王牌在我手中。”

我回到家，立刻召唤分身，想问他昨天发生了什么。我将自己关在房间里，在脑海中描摹自己的样子。但不知道为什么，那天没法顺利地在空气中凝结影像。平时都能看得很清楚，可那天刚看到一个模糊的身影，影像就立刻消散了。是因为有段时间没叫分身，技巧生疏了吗？还是因为疲劳，无法集中精神？想来想去，似乎并不是因为这些。

我可以轻松地描摹出分身的轮廓，可到了刻画细节的阶段，就感到一种阻力，进度随即倒转回去。说不清是什么原因，但我能感觉到分身不想被召唤出来。他一定在背着我擅自行动。

最后，我放弃了召唤分身。彻底无法控制分身让我很受打击，但现实如此，我不能不接受。当务之急不是为之叹惋，而是重新夺回对分身的控制，并找到方法让他离开鲇川。

我走进浴室，泡在浴缸里仔细思考。反正分身只是我造出来的影子，不是真正的人。就算没了分身我依然存在，但如果没有了我，分身就不存在了。所以压根儿用不着为此心烦意乱，分身绝对没法对我下手。万一发生什么意外，我还可以威胁分身，让他听命于我。

我彻底放松心情，乐观了许多。

很大的水声响起，有人跳进了浴缸。虽然正在我的背后，但我相信，那一定是分身。

我回过头，立刻向他发起责难："刚才叫你的时候，你为什么不来？"

"欸——"分身故意要人似的，拖长了声音讲话。不知什么时候，他已经叠好毛巾放在头上，在浴缸里伸开了手脚，相当放松。"你说你刚刚叫我了？我完全没感觉耶。"

"你不要胡说八道。"我火了，"你和我是同一个人，我的一举一动，你肯定一清二楚！"

"事情怪就怪在这里，"分身露齿而笑，"最近好像不是这样哦。你站起来试试看。"

我根本不打算听分身的命令，但他先站了起来，攥住我的手腕，硬是把我从洗澡水中拽了起来。

"你有什么感想？"分身与我裸裎相对，意味深长地问。

“没什么感想。”我竭力虚张声势。

事实上，我并非毫无感想。我又惊又怕，几乎双腿发软。不知怎的，分身几乎比我高了十厘米，手脚也比我长了许多。我的体形瘦小，弱不禁风，分身的胴体却骨骼粗壮，肌肉结实。

我的手腕留下了清晰的红指印，分身握力惊人。我的皮肤苍白，长满青春痘，分身的皮肤却黝黑而紧实。最关键的是，他和我的长相完全不同——鼻梁高挺，目光锐利，双颊下陷，一副肉食野兽寻觅猎物的神态。分身已经变成了我完全无法共情的模样。

“虽然你或许想逞强，但你的声音在发抖呢。”分身的声音更低、更粗了，“你看，我们已经是两个完全不同的人啦。”

“我可不承认。你不过是我的一部分，我不允许你擅自行动。如果你有意那样做，我随时都可以收拾你。”

“那就很有趣了。”分身坏笑起来，“要和我决一胜负吗？”

他的右手突然掐住我的脖子，直接用力把我举到了空中。我无法呼吸，也无法喊叫，只能徒劳地蹬着双脚，双手握住分身纹丝不动的手。

这到底是怎么回事？为什么会变成这样？分身不是

我唯一的好朋友吗？以前的他会将我从欺凌中拯救出来，可为何现在成了欺负人的一方？

我开始眼冒金星。

啊，我就要被自己创造出来的另一个自己杀死了。从旁人的角度客观地看，现在的我是什么状态？自己掐着自己的脖子吗？凭意念悬浮在空中吗？还是在浴缸中意识模糊，快要溺水而亡？千钧一发之际，奇思妙想掠过我的心头。

“你一定在想，为什么会变成这样吧？”分身把脸凑过来，吐着让人不爽的气，“一切都是你的错。就是从你给我取名字的那一刻起，我和你拥有了不同的人格。用另一个名字叫我，就意味着你把我看作另一个人。我是你心灵的产物，所以能忠实地反映你的心态。从那时开始，我就有了独立的人格，走上了自己的路。最开始我们只有小的差异，但随着时间流逝，差异越拉越大。现在，我已经成了和你完全独立的另一个人。原本我的诞生，是因为你不想受欺负、想成为我这个样子对吧？所以我总是想要变得更强。可与此同时，我又要保持自己的人格，于是左右为难。乍看上去，我好像没什么变化、安安稳稳的，实际上永远有两股力量要将我撕裂。当自我一致的禁锢被打破时，我就迅速地成长了。即使是此时此刻，我也在不停地变化！”

我拼命踢蹬双腿。看来分身认为自己已经是脱离于我的存在了。我不确定他说的是不是真的，就算不是真的，这对现在的我来说也毫无意义。如果我就这么死了，分身应该也会消失，那样的话对任何人都没有好处。不过，我也不是一点儿办法也没有。只要想起那个，一切都会回到最初。现在就该……想起……来了。

我的目光涣散，什么都无法思考了。一切都无所谓了。还有什么必要负隅顽抗呢？反正往后一定有的是痛苦的事情等着我。或许就这样当一条丧家犬，被分身杀掉也不错。我卸掉全身的力气，听凭分身摆布。一切都放松了下来，感觉真好。

“哇！好脏！”分身的手突然松开了我的喉咙，“你这家伙太坏了！！”

我掉到浴缸里，水花四溅。我还在猛烈地喷出尿液。

“你尿了我一身啊！！”分身气歪了脸，“臭死了！”

我咳个不停，气管里咕嘟嘟地发出难听的声音。

分身又虎视眈眈地望着我。

“别过来！”我总算蹦出一句话。

“什么嘛，我不是认真的。如果刚才在这里把你杀掉，毕竟会惹出麻烦。这点儿道理我还是懂的。就算我不出手，要不了多久，你自己也会消失。我今天只是告诉你，我们的地位已经颠倒了。放弃抵抗吧，这样的话，我就会把你沉入我心里的黑暗之中。”

我只是奄奄一息地摇头。

“明天我要和鲇川约会。六点，在神社后面的公园。”分身揪住我前额的头发，把我垂着的头拽起来，“你也过来。那时候起，我应该就真实存在了。”

分身一撒手，我的头又垂了下去。等我竭尽全力抬起头时，他已经消失了。

情况近乎绝望。

“抱歉，等很久了吗？”鲇川上气不接下气地跑来。

四周昏暗，没有一个人影。鲇川的脸在晚霞的映衬下显得异样妖艳。

我刚要回应鲇川，神社的森林里蓦地走出一个巨汉。是分身。他比昨天更高大了，恐怕现在要比我高上一头。

鲇川有一瞬露出诧异的神情，看看我，又看看分身，然后神色一下子缓和下来，重新朝我走来。我松了口气，朝她伸出手。

“不知是怎么的，我认错人了。非常抱歉。”鲇川匆匆朝我一弯腰，然后转身朝分身跑去。

“哇啊啊啊啊啊！！”我抱着脑袋蹲了下去，“快住手啊，分身！”

“分身……这就是我的名字？”

“拜托你不要动她。我的其他东西你都可以拿走。唯独不要对鲇川下手。”

“你怎么这么任性呢？鲇川从一开始就是我的女人。是我追求的她。和鲇川交往这件事，你没做过一丁点儿的努力。”

“她是我人生的意义！”

“这我管不着。”

“不，这和你关系很深，关系到你存在的理由。”

“我存在的理由？我不是为了帮你向那些欺负人的孩子报仇而出现的吗？”

“不是。那只不过是为了达到我目的的条件之一。我知道你为什么存在，而你却不知道。光凭这一点你也该明白，谁是主人。”

“你这不过是迂腐的诡辩。照这么说，你知道自己存在的理由吗？如果知道，就说出来让我听听啊。怎么样？说不出来吧！”

“也许我确实不知道自己存在的理由。但即便如此，也不意味着我和你是平起平坐的。你不知道我存在的理由，而我知道你的。因为我在前，你在后。好了，别再做傻事了。别逼我使出撒手锏。我们回到以前的朋友关系吧。”

“笑死人了！你竟然还有撒手锏？不如在故弄玄虚的时候顺便跟我说说，我真正的存在理由是什么啊？”

“是鲇川啊！”泪水从我眼中滑落，“我想要自己变成鲇川喜欢的样子。要欺负我的人好看，这不过是让鲇川喜欢的条件之一。”

“那个，你们到底在说什么？你们究竟是什么关系？”鲇川愣愣地听了一会儿我们的对话，终于反应过来，要加入这场谈话。

“我们原本是同一个人。”分身搂住鲇川的肩，“有了。我有个好主意，交给鲇川决定吧。”他凝视鲇川可爱的双眼，说：“鲇川，你仔细听好再回答。鲇川美智的恋人，是这个男人，还是我？是谁在学校的走廊上盯着你看？一直以来，是谁在和你约会？”

“这不公平！”我大喊，“你的一切都是按照她理想中的男性来设定的。一旦没了自我一致的禁锢，你肯定会向着她理想的恋人形象发展。”

“你们在说什么蠢话？”鲇川莞尔一笑，“我知道啦。你特意叫上一个朋友，想取笑我吧？我的恋人当然是你啊。”鲇川紧握着分身的手腕。

分身瞪着我，露出因得胜而傲慢的表情。

“消失！！”我指着分身大喊，“这是本体的命令。分身立刻给我消失！”

分身有一瞬露出吃惊的表情，停下了动作。空气中弥漫着火药味。鲇川瞪大了双眼。分身缓缓将手抬到自己脸前活动了一会儿，僵硬的表情逐渐放松，最后放声大笑。“这就是你的撒手锏？”他笑得眼泪直流，却仍在继续，“‘这是本体的命令。分身立刻给我消失！’就这样？真是愚蠢至极。还不明白吗？我已经不是你的分身啦。我成长了，有了实体，不再是你这个胆小鬼的白日梦啦。”他搂过鲇川，“看！我们可以触碰到对方。鲇川和我是相爱的，你才是多余的那个。说起来，你的轮廓已经变得模糊了呀。”

我慌忙看自己的双手。不知道是不是心理作用，我的手好像有些褪色。不，不可能。我怎么可能消失？我才是本体啊。一定是我哭得泪眼模糊的缘故。

“要我告诉你实话吗？”分身阴鸷地笑了，“一切都正相反，不是没出息的、挨欺负的孩子幻想自己变得强大，而是一个身心强健的少年偶发空想——如果自己是个软弱的、挨欺负的孩子，还不敢和现在的女朋友搭话，一切会是什么样子。不过，这个把戏我已经玩腻了。所以就要请你消失啦。接下来，就是我跟鲇川开心的约会时间。”

我浑身脱力，跪在地上。我想站起来，反而双手撑地倒了下去，趴在地上。浑身发麻，不听使唤。

“给我消失。”分身说。

鲇川凝视着分身，眼里仿佛没有我。

我下定决心，使出最后那张王牌。

“再见了，我的憧憬。你消失吧。”

“你怎么还在说这些？”分身对我露出得逞的表情，然后好像突然察觉到了某种异象，转过头去，“鲇川！你在哪里？！”

“那个女孩根本就不存在。”我慢慢站起身来，掸掉衣服和裤子上的污泥，“分身，这一点你有所不知。你是在鲇川之后出现在我面前的。我先创造了鲇川，然后才创造了你。”

“啰唆！给我闭嘴！”分身捂着耳朵蹲在地上。

“我胆子太小，根本不可能交女朋友。”我用手背擦泪，“于是，孤单到毫无办法的我，只好描摹出自己理想中的女孩，排遣寂寞。”

分身蜷着身子倒在地上，指尖变成一缕缕热气，逐渐在空气中蒸发。

“我创造出的鲇川是一个完美至极的女孩。然而，我却不知道为什么，无论如何也无法想象自己和她交往的模样。鲇川太完美了，我配不上她。所以，我——”我咽了口唾沫，“我就创造出能和她相配的另一个自己——也就是你，分身。”

分身捶着地面，仰天号泣。

“可我在某个地方出了差错。明明只要创造出理想的恋人和理想的自己就好，我却还想要一个好朋友，最终错误地将理想的自己和理想的朋友重叠在一起。可我不能与自己做好朋友。为了和你成为朋友，我在你身上看到了不同的人格。你拥有了独立的人格，带走了鲇川。你们本就是理想的伴侣，当然会顺利交往。可鲇川一旦失去了和我交往的可能，就失去了存在的意义。等待她的就只有消失。”

“该死！你这个浑蛋!!”分身哭喊着，“没有鲇川，我活不下去。立刻把她还给我!!”

我摇头：“鲇川是为了我而存在的，你是为了她而存在的。如今鲇川消失了，你也没有存在的意义了。”

分身悲伤地半张着嘴，呻吟着向我伸出手。

“永别了。对不起，全怪我太任性了。”我别过脸去。

再回头时，分身已经消失得无影无踪。

霎时间，我心头涌起压不住的感伤。我同时失去了两个无可替代的人——恋人和朋友。

这一天的悲伤，我将终生难忘。

下一站下车

“欸？什么？你刚才说了什么吗？”

“我是问你，听没听过那个传言。”

“传言？什么传言？有意思的话就告诉我呀。”

“不过，下一站我就要下车了……怎么办？”

“什么嘛。话题是你自己挑起来的，不能这样吧？那就迅速地讲讲吧。好不好？拜托啦。”

“那我就简单讲一下。是我今天在学校听说的……”

“等一下。在学校听说的？那就是那个吧？田中看到了一条腿的美嘉娃娃，是这个故事吧？

“田中很珍惜她的美嘉娃娃，但有一次不小心弄掉了娃娃的一条腿。后来她看到娃娃就觉得心情沉重，于是不怎么和它玩了。所以搬家的时候也没发现行李中少了美嘉娃娃。

“然后从某天晚上开始，她每天都会梦到美嘉娃娃。她有些不放心，就在暑假独自一人回了以前的住处。结果看到美嘉娃娃在黄昏的空屋里跳来跳去。

“娃娃说：‘我是美嘉，但只有一条腿。’”

“不是啦，是另一个故事。”

“那就是那个吧？三年级以上的学生去修学旅行的时候，在照相馆拍了一张照片，结果照片里的人数比实际的班级人数要多。

“这种事对开照相馆的人来说是家常便饭，听说这家照相馆还为此事先问好了班级人数。照片洗好后，店家便偷偷把老师叫来，请老师确认多出来的人。

“照相馆那边已经很熟练了，遇到这种情况，往往马上请老师找到陌生的那张脸，修掉之后再打印。可那次出了纰漏。照片上陌生的脸不止一张，仔细一看才发现，还有一张没修掉。照片洗好后老师看出了问题，最后没有发给大家。后来某位同学的父亲缠着老师，非要看看那张照片，原来有一个孩子的脑袋掉在了大家的脚边。”

“我听说的版本，是照相馆的人把幽灵和班上真正的学生搞错了，修掉了学生的脸。”

“不会吧？”

“怎么不会？被修掉脸的是铃木的哥哥，很快就遇到车祸，结果就像照片里那样。

“……不过，我要讲的不是这个故事。”

“那就是好几个女孩子的故事喽？

“几个初中女生逃课去逛街，其中一个女孩进了精品服装店的试衣间就没再出来。大家觉得她在里面待了太久，忍不住偷看，谁知试衣间里空无一人，只剩下一双鞋。女生们慌忙去报警，回来一看，连鞋都没了。

“店员笑着说对这几个孩子没有印象，警察也觉得自己被一群初中生耍了，就回去了。然后……

“呃，最后那个女孩找到了没？我记不清了。”

“那女孩最后在国外的畸形秀小屋被人发现，样貌已经变得很可怕了。据说不幸中的万幸是她整日被灌迷魂药，以至于不知道自己身上发生了什么。女孩现在好像还住在某家医院呢。

“……同一个绑架团伙似乎还会在游乐园出没。他们抓住独自上厕所的小孩，先用绷带把孩子捆得动弹不得，再用轮椅把孩子推出游乐园。绑匪不会要求赎金什么的，所以一旦孩子被他们从游乐园带走，就找不回来了。据说大型游乐园为了和这个团伙对抗，到处都安了隐藏摄像头。

“……不过我要讲的也不是这个故事。”

“是木下的姐姐的故事吗？

“木下的姐姐两年前开始在东京独居，一天，一个好朋友去她家住。可到了半夜，那位朋友说自己想吃三明治，无论如何都要木下的姐姐陪她一起去便利店。木下的姐姐让她自己去，可她说什么都不答应，非要两个人去不可。木下的姐姐不情不愿地陪着去了，一出门朋友就报警了：‘她床底下有一个陌生男人。’等警察闯入房间的时候，男人已经不见了。可床底下有食物的残渣，还有旧报纸，男人像是已经住了好几个月了。

“几个月之后，那位朋友又来玩了。这次是夜深了却怎么也不想回家，说能看见那个男人藏在窗外的公园丛林里，所以不想出去。可木下的姐姐什么都没看见。凑巧木下的父母说好了那天晚上要来住，时间也没有太晚，木下的姐姐硬是打发朋友回家了。那位朋友离开之后就失踪了。”

“我要讲的才不是这种尽人皆知的故事。”

“那到底是什么故事？”

“是公交车上的鬼故事。”

“公交车？我知道了，你就是故意吓唬我吧？”

“这条线上有时会有错误的公交车开过。”

“错误的公交车？这是什么意思？”

“我也不太清楚。据说那公交车其实不该出现在这个世界，仔细观察好像就能看出来。车身是铁锈的暗红色，看上去黏糊糊的。座位也很潮湿，还飘着一股难闻的气味——有点儿甜，又有点儿酸，像是什么东西腐烂的味道。”

“会有人坐那样的公交车吗？”

“夜里或着急的时候，有人一不留神就上车了。因为那公交车就像普通的公交车一样，自然地停在该停的公交站，乘客就没注意。不过我听说，要让哪位乘客上车，其实是公交车选择的。”

“这怎么可能，公交车怎么会选择乘客。”

“听说最危险的是平时有很多人的公交站不知怎的忽然只有一个人等车的时候。其实这种情况发生的时候，别人都已经在正确的时间上对了车。大家会发现只有那个人没在车上。”

“那，那辆公交车上有鬼吗？”

“嗯。听说有两个小孩的幽灵并排坐在后面的座位上。它们活着的时候是好朋友，经常聊天，成了幽灵也聊个不停。然后抓住坐车的人的魂魄，直接将他带走。”

“哇哦，差点被你骗了。”

“被骗？什么意思？”

“你装傻也没用哦。这明显很奇怪啊，如果公交车上的鬼直接将乘客带走，那这个故事是怎么流传下来的啊。肯定不会有人知道的呀。”

“话是这么说。可不是每个坐上那辆公交车的人都会被带走，其中也有在目的地平安下车的人。他们在公交车里没有回头。”

“没有回头？此话怎讲？”

“鬼坐在公交车的最后一排。乘客听到他们说话，回头一看却没有人。这时候已经晚了。这样的乘客就无法活着下车了。所以深夜一个人坐公交车的时候，一定不要回头。因为鬼就在后面紧盯着你，一旦回头，就会被它们拽走。”

“不过，要想避免悲剧发生也很简单嘛。只要不回头不就行了吗？”

“鬼会耍很多花招的。有的乘客下车的时候发现有东西忘了拿而回头，那就是鬼故意藏起了他们的东西，让他们中招。”

“但鬼不会硬要人回头吧？”

“这倒也是……”

“那就不用担心了。无论发生什么都不回头就对了。是我的话，就算有人喊我，也绝不会回头看的。”

“这就难说了。它们会耍很多招数。所以总会有人一不留神就回头的。”

公交车快到站了。印象中，刚才这两个少年中有一人说要在下一站下车的吧？看样子是聊传闻聊得太起劲，把下车的事忘了。在大人看来，小孩真是会为一些傻乎乎的事着迷啊，我以前大概也有过这么可爱的时候吧。这样想着，我不禁面露微笑。

不过，天这么晚了，小学生要是坐过了站就太可怜了。如果反方向的公交车来得太慢，孩子要么会孤单地在车站等很久，要么就得走夜路回去。看来还是叮嘱他们一句比较好。

“你不是要在这站下车吗？”我回过头，对坐在公交车后面的少年说。

“你瞧瞧。”少年的声音响起。

同学会

“哎呀，好怀念哪。”看到儿时玩伴的面孔一张张出现在眼前，我不禁脱口而出。

“喔！是你啊！来，坐这边吧。”一个威猛的男人指了指自己身旁的空位置，“我旁边没有人，正觉得孤单呢。”

我对他的脸有印象。是那个以前就爱开玩笑的家伙。上课时也无所顾忌地说笑话，经常搞得全班哄堂大笑。老师对他发火也就是装装样子，目光里带着笑意，恐怕每个同学都看得出来。

对了，老师现在怎么样了？

很快我就知道了答案。一个明显上了年纪的人正被几个男女围在中间，开心地和大家说着什么。老师还是那么健谈呀，想到这里，我觉得很幸福。

时光如梭，二十年竟然就这样一晃而过。尽管感慨颇深，但看着曾经的同学在身边热闹快活的模样，又不觉得时间已经过去了这么久。二十年的岁月仿佛在一瞬间倒流，此时此刻就像在修学旅行一般。

修学旅行……我歪了歪头。说起来，修学旅行中好像发生了些什么。是什么来着？好像是一件很重要的事，但既然现在一下子想不起来，似乎也没有那么重要吧？我拼命回忆，同学们的脸在脑海中转来转去，我却什么也想不起来。

“喂，你怎么了？！好容易有这么一场聚会，竟然有人苦着脸，在一旁念念有词？”我身旁传来一个活泼的声音。

“欸？啊，嗯。”我生硬地应和。

“怎么了吗？”他问话的态度认真了些。

“唔，没什么大不了的……”

有了。这家伙说不定对那件事有印象。

“我只是有些在意，我们修学旅行的时候，是不是发生过什么严重的事？”

我们的对话瞬间停止了。

“修学旅行？哈哈，你是不是做了什么坏事啊？偷看女生浴室了？”

“别取笑我啦，我是认真的。”

他的神色也认真起来：“你不是在开玩笑吧？我压根儿没想过你会真的忘记，还以为你就是在耍人玩呢……”

“发生的事情有那么严重吗？”

“嗯，非常严重。不管怎样，忘了那件事也太过分了。”

到底是什么事呢？之前发生了什么？回忆似乎已经浮现在我的脑海中，我却怎么也看不清楚。胸口好像堵着什么东西，很不是滋味。

“喂，你没事吧？是巴士呀，巴士。”

巴士？什么巴士？是指修学旅行时的大巴车吗？说起来，那时……

又有一个人姗姗来迟。

来者是一位三十多岁的女性，我们以前肯定是同学，她的脸我确实有印象，可大脑中云雾缭绕，怎么也想不起她的名字。

其他人记不记得她呢？我环顾四周。

所有人都面色苍白。

“不会吧，怎么可能……”女生中甚至有人哽咽着哭了起来。

“弥生竟然会来……竟会发生这种事……”

弥生……没错，她叫弥生。虽然变化很大，但还是能看出以前的模样。可为什么大家的脸色那么糟糕？

弥生几乎是一声不响地走进宴会之中，在一位同学面前站定后，立即低声嘟囔着什么。像念经似的，听不真切。

她对面的同学愣了一会儿，似乎终于回过神来，开始颤抖着对弥生说话。

然而，弥生彻底无视对方的反应，就像听不见一样，又走到旁边一位女生面前。

“怎么会这样……”弥生对面的女生似乎惊惧过度，动弹不得。

弥生苍白着脸，按照座位顺序走到每一位同学面前，念念有词。

一会儿她就要走到我这里了。想到这里，我忽然感到一股模糊的凉意从下腹深处缓缓升起。

“对了，我想起来了。弥生是……那件事是修学旅行时发生的。”我的声音发颤。

“对，巴士出了车祸。你终于想起来了？”我身旁的人低着头，瑟瑟发抖。

“不可能的，一定有什么搞错了。她怎么会出现在这里？”我想站起来，却做不到。

她……只有她……不可能在这个世上……

我头晕目眩，不愿回想起来。我想让这漆黑泥泞的回忆消失。没错，其实我根本没有忘记，只是讳莫如深，本能地拒绝这段记忆。但已经来不及了。那面色糟糕的女人已经走过来了。这是一场死者和生者的相遇。

巴士司机和导游小姐在角落颤抖。

弥生恭敬地挨个儿拜完，好不容易在最后一座墓前双手合十，脸色一点点恢复了红润。

如今想来，那一场事故依然令她难过不已。二十年来，弥生一直拒绝承认那起事故的发生，持续封闭着自己的内心。

除了她，班上所有的同学都被那起车祸夺去了性命。只有她因发烧没能参加修学旅行，反而因此得救。弥生一直自责，仿佛只有自己活下来是一种罪恶。

但是，她终于迈出了这一步。为了鼓起勇气和往事对峙，她特意来给大家扫墓。她终于意识到，那场车祸是在她力所不能及的地方发生的，活下去不是罪过。沐浴在温柔的阳光中，弥生露出了灿烂的微笑。

她忽然感受到了大家的气息，一切宛如昨日重现。

脑髓工厂

少年还模糊地记得，第一次摸到父亲头上的“脑髓”时那种怪异的感受。

父亲很温柔，待少年十分宽厚，少年也深爱着父亲。每天父亲回到家，少年都飞奔着跑去迎接，然后被父亲抱起来转圈圈，开心极了。

少年还有一位好母亲。她有时对少年严格，有时又任由少年撒娇。

少年的家庭就像书上写的那样理想、富足。

然而，那一天，少年感受到强烈的异样。

父亲的头上有一个自己没有的怪东西。

当然，那东西不是当天突然出现的，而是很早就有了。只不过它的存在过于理所应当，少年之前没有关注它。

那是一大块歪斜扭曲的金属，拳头大小，从父亲的头顶插到侧面，向外凸起。暴露在头皮外面的部分向四周摊开，前端有几个齿轮似的转盘。转盘们断断续续地闪出七色光芒，间歇地旋转，速度不一。

少年清楚，那东西不单单是从外面接在父亲头上的。

父亲的头皮被夸张地扯裂，那东西深深地埋在里面。父亲的面容温和且坚强，那个金属块却异样得很，令人不寒而栗。

被父亲举起来的少年轻轻摸了摸那块金属。

一股暖融融的感觉传来，金属块还随着父亲的脉搏轻颤。

“啊！”身旁的母亲叫了一声，想制止少年。

可父亲笑了，他和蔼地对少年说：“脑髓是很重要的东西，不能粗暴地对待它哦。”

少年还太小，不懂得忍耐。他把手伸向父亲“脑髓”的前端，触摸那些转盘。

他很享受旋转的转盘摩擦手指的感觉，不由得用力按了下去。

转盘发出“咔嚓嚓”的声响，开始空转。

“咕唔。”父亲说。

少年以为父亲在逗他，欢声叫着，更用力地按下转盘。

父亲的表情凝固了，接着瞪大了双眼。

翻白的双眼。

父亲口中像火山般喷出大量泡沫，整个人簌簌地震颤着，抱着少年向后仰倒。

伴随着“咣当”一声巨响，父亲的后脑勺狠狠砸在地上。

多亏父亲的身体吸收了撞击，少年几乎毫发无伤。

父亲有弹性的身体好像抱枕一样——少年想。

母亲发出惨叫。

少年被母亲死命地拽下父亲的身子。

父亲的双手还维持着刚才抱他时的姿势，僵直不动。

父亲的“脑髓”不停地发出“嘎啦嘎啦”的噪声。

转盘几次就要停止，却又猛地旋转起来，重复了好几次。

少年为了满足好奇，又试图触摸父亲的“脑髓”。

这一回，一股闪电般的力量朝他袭来，将他摔到地上。是母亲用力抽了他一巴掌。

母亲哭着，浑身发抖。她责问少年，为什么要对父亲做这样过分的事。

直到这时，少年都没有意识到自己做了什么过分的事，以至于让母亲如此动怒。

父亲还躺在地上，神志不清地挥舞着手脚。

“抱歉哦。”少年嘟囔了一句。

母亲背对着少年，默不作声地拼命压住父亲的身体。

她的头上也有闪着七色光芒的“脑髓”。

在少年出生的几十年前，一种想法支配着法律界。

“犯罪者不该被处罚，应当被矫正。”

这种观点认为，人类是有良知的，本就不该以性恶论来衡量。性善论才是美的、值得信赖的。因为和人性本恶相比，人性本善固然更好，更让人放心。既然如此，就没必要怀疑性善论的真实性。相信人性本善多棒呀。

可尽管如此，这个世上仍旧不停有人犯罪。

这是怎么回事？难道性善论是错的吗？还是说，有什么东西扭曲了人的善心？

用性恶论解释这一切就容易多了。可人们还是坚持理想，构筑了一套解释悲惨现实的理论。

简单地说，就是原本善良的人的本性被环境影响而恶化，最终导致犯罪。

这样一来，一切就合情合理了。无论多么罪大恶极的犯人，本性都是善良的。只不过是环境不好，才不得不走上恶的道路。

依据这套理论，惩罚犯罪者根本就是错误的。原本善良的人成为犯罪者是环境的过错。换句话说，他们都是环境的牺牲者。他们需要的不是惩罚，而是让他们重返善良本质的矫正。

仅为让犯罪者痛苦的监禁、为抹除他们的生命而存在的死刑被废除。一套矫正犯罪者的新项目开始推行。

有些犯罪者在项目中受益，找回了善良的本质，重新被社会接受。可人们发现，犯罪者中有一小部分人即使接受了矫正，很快又会犯罪。

对此，社会上大致有三种看法。

第一种看法认为，这些犯罪者接受的矫正在质或量上不够充分。持这种观点的人主张对犯罪者施行长期矫正，且矫正方法应当因人而异。

第二种看法认为，还是有人性本恶的人存在。这种观点的支持者极少，而且他们往往是种族隔离主义者，认为有本性不同的人类存在。所以这些人一般忌讳当众表达自己的观点。

第三种看法经过改良，整合了第二种看法和性善论。这种看法认为，无论矫正时间或方式如何改变，还是有很多人的犯罪倾向无法被抹除。然而，这些人的本性必然也是善良的。既然如此，他们为何还会作恶？那显然不仅是外部环境的过错，还与他们的内部环境有关，是内部环境扭曲了他们的本质。

所谓的内部环境，也就是脑内环境。犯罪者的大脑缺失了正常的均衡，歪曲、毁伤了原本善良的本性，既然如此，他们其实也是牺牲者。他们的作恶是不由自主的，是大脑的构造让他们不得不作恶。

这种看法将性善论和犯罪不断增加的现状结合起来，很快便被包括法律界在内的整个社会接受。

但这样一来，如何处置这些犯罪者就成了问题。

既然犯罪不是外部原因导致的，一般的矫正项目就无法让他们改邪归正。可是，大脑发育不均衡并非他们的错误，因此让他们受到痛苦的惩罚，是不人道的。

于是人们选择去矫正犯罪者的脑内环境。

人们彻底研究犯罪者的大脑，分析其特质。然后逐渐发现，大脑特定部件的状态和犯罪倾向紧密相关。这些部件细碎地分散于大脑的各个地方，并且关系十分紧密，无法通过单纯的手术或化学疗法矫正。

就这样，人工脑髓应运而生。当然，它不是大脑本身，也不能取代大脑。它是插入式的“大脑”，是使脑内各个回路的运行准确均衡的工具。

例如，反复性犯罪的人受性欲中枢的支配，性欲往往会战胜掌管理性的前额叶。人工脑髓一旦发现性欲中枢异常兴奋，就会在抑制它的同时刺激前额叶，使人的行为恢复正常。

当然，人工脑髓的作用不仅仅是刺激前额叶。人类需要休息和娱乐，如果欲望总被遏制，将一切交由理性支配，就可能被过度的压力困扰，导致大脑整体疲劳，诱发身心疾病或神经错乱。科学家对人工脑髓做出调整，使其主动避免过度抑制。这种调整根据人们大脑状态的不同有微妙的区别，需要熟练的技术和多年经验培养出的直觉参与其中。

为犯罪者的大脑植入人工脑髓的法律一经提出，立刻通过实施。无论被告犯的是什么罪，法院一律判令为其植入人工脑髓，法庭审判成了有名无实的东西，法官不知何时成了年轻的底层公务员的工作。律师也没什么好做的了，只需出庭走个过场即可。反正就算出现冤案，也没有实质的伤害。即使被植入人工脑髓，如果大脑的运转本就正常，人工脑髓就不会发挥实际作用，也就是不会对人的生活产生任何影响。不仅如此，头上顶着人工脑髓，还相当于向周遭宣告自己的大脑能时刻保持正常运转，能令人安心、得到信任。

到头来，犯过一次罪的人反倒比没犯过罪的普通人社会信用更高。因为他们的大脑得到了保障，永远不会犯错。

渐渐地，越来越多的人呼吁给没犯罪的人也装上人工脑髓，以至于掀起了一场大规模的政治运动。

不久，植入人工脑髓的范围便从犯罪者扩大到准犯罪者——也就是出现犯罪倾向的人群之中。

不良少年只要接受一次辅导，就会被植入人工脑髓。大脑重获正常的均衡，他们便回归到充实的校园生活或工作之中。

犯罪的人无论过失轻重，都被植入人工脑髓。犯罪本就必须被扼杀于萌芽之中，更何况，这些人之所以犯错，毫无疑问是因为大脑运转失衡。

后来，且不说表现出犯罪倾向的人，就连和常人稍有不同的人、个性较强的人也会被植入人工脑髓。严格来说，这种举措超出了法律允许的范围，却几乎没有人提出不同意见。整日在家玩游戏不出门的人、大量收集漫画和录影带的人被植入人工脑髓，找回了正确的大脑均衡，回归正确的生活，享受健康的运动和高雅的古典乐。

人们还积极地为浸淫于邪教者、政治思想偏颇者植入了人工脑髓。

随着人工脑髓的普及，离经叛道的人逐渐消失，一个健全而安宁的社会孕育而生。

过分出格的人消失后，和正常标准有细微差距的人就显得碍眼了。买东西不排队的人、上课时走神不听讲的人、把太阳涂成黄色而不是红色的孩子——这些被列为大脑略微失衡的人，也接受了人工脑髓的植入。

大脑维持正常均衡的人越来越多，失衡的人也越发显眼。有些怀疑自己和别人不太一样的人主动申请使用人工脑髓。只要是自发提出的申请，全都能得到批准。因为大脑维持正常均衡的人越多，对社会越有益处。

有的人发现自己走路的姿势和别人不同，提出了申请。有的人发现自己早上起不来，喜欢熬夜，也提出了申请。还有人觉得自己看电视节目的感受似乎和家人不同，也提出了申请。

安装人工脑髓的人不再是少数，反而慢慢成了多数。

为植入人工脑髓拍板的法官中有人没有植入人工脑髓，这一度引起了人们的关注。没植入人工脑髓的人不一定能维持均衡的思考。这样的人有资格为其他人的大脑拍板吗？很多人都表示疑虑。

很快，植入人工脑髓就成了法官的义务。紧接着，植入人工脑髓就成了每一个公务员和政治家的义务。

医生、护士等没有植入的义务，但不植入的人就失去了信用，等同于没安装人工脑髓的人不得不停止执业。

植入人工脑髓成了你能想到的所有服务业人员必备的条件。没有人工脑髓，就无法证明自己的思考正确均衡，于是这成了一种理所应当。

父母开始仔细观察孩子。孩子学会说话的时间是比正常标准早一些还是晚一些？学会走路是过早还是过晚？遇到这种情况，父母便怀疑孩子的大脑回路运转失衡，立即申请安装人工脑髓。近来多数父母已经略过观察的步骤，直接给刚出生的孩子植入人工脑髓。人工脑髓成了再自然不过的东西，以至于提到“脑髓”，通常指的就是人工脑髓。

甚至有学者认为，人类进化已经进入了最后阶段。

以上便是少年在学校学到的，有关“脑髓”的历史。

为什么我的头上没有“脑髓”？

触摸父亲的“脑髓”一事发生几个月后，少年的脑中忽然产生了这个疑问。

幼儿园的朋友们几乎人人头顶“脑髓”，但还是有和少年一样没有“脑髓”的人。

老师们无一例外，全都有“脑髓”。来幼儿园接孩子的父母们也几乎都装了“脑髓”，但有极少数人没有安装。每当看到这些人，幼儿园的老师就会一直盯着他们，监视着这些父母，决不允许他们接近幼儿园里的其他小朋友。

“因为他们不确定天然脑髓会做出什么来嘛。”少年的好朋友说。

“‘天然脑髓’是什么?”

“指的就是你和我这样的家伙。没有安装完善的‘脑髓’,仅靠天生的脑髓活着的人。”

“他们猜不透我们的想法吗?”

“嗯,就是这么回事。说是因为天然脑髓没有经过调教,偶尔会有很过分的想法,最后惹出大乱子。”

“比如呢?”

“偷东西、杀人什么的。”

“我可不会做这么过分的事。”

“我也不会啊。不过,听说人家非要这么想,我们也没办法。”

“这是谁说的?”

“我爸和我妈。”

“为什么我们没有安装‘脑髓’呢?”

“哎,不知道。不过他们说,‘长大以后就给你安’。说是到时候不需要安也得安,不然就亏了。”

“唔。”少年将信将疑。

回家后,少年问父母自己为何没有安装“脑髓”。

“因为要不要安是你的自由。”父亲说。制造商已经重新调整过父亲的“脑髓”，所以父亲恢复了原来的模样。

“什么叫是我的自由？”

“嗯，安装‘脑髓’是有它的好处，”父亲温柔地回答，“但我觉得你可以自己做决定。虽然现在流行在婴儿时期就安装，但这样的话，你就不知道自己的大脑真正的状态了。先认识到自己大脑的状态再安装‘脑髓’，我觉得这是一种不错的体验。”

“所以我必须了解真正的自己吗？”

“真正的自己指的是经过‘脑髓’调整后的你，而不是调整之前的。”

“什么都没装的反而不是真正的我？”

“那你说，难道赤身裸体才是人类原本的姿态？现在的人平时穿着衣服，也剃掉了体毛。穿衣服的样子才是我们原本的姿态嘛。‘脑髓’也是这样。”

少年不是很懂父亲的话，不过，知道自己不必立刻安装“脑髓”，他多少放下心来。

第二年，少年和好朋友上了小学。

大多数孩子果然已经完成了“脑髓”的植入。

偶尔有人嘲笑他是“天然脑髓”，但没发展到欺凌的程度。那些孩子都在“脑髓”的掌控下保持着精神的均衡，当然不会欺凌同学。

老师们几次提及少年和他的朋友脑袋的事，问他们为什么还没安装“脑髓”，相当难缠。

两人说出各自的父母告诉他们的理由，但老师们无法接受，便把家长叫到学校。

“等到出了问题再安就晚啦。”班主任忧心忡忡地说，“小学是孩子发育的重要阶段。不装上‘脑髓’好好矫正，如果大脑失衡了，孩子的精神可能会扭曲哦。”

“总之目前他还没有出现什么大问题吧？”母亲向老师解释，“了解自己的大脑矫正前的状态也很重要，我们家想这样教育孩子。”

“我是不理解这样做到底有多大意义，但既然您有明确的理由，那就这样吧。不过，只要出了问题，就一定要尽快给他矫正哦。”

到了小学高年级，同年级没有安装“脑髓”的人只剩下少年和好朋友了。好朋友脾气有些急躁，但性格温柔，两人总是一起讨论未来的人生。

“‘脑髓’真的不得不安吗？”少年经常提出这个疑问。

“应该也没有那么绝对吧。不过不安就会吃亏，会被认为是怪人。”好朋友的回答符合常情。

“不过就在几十年前，还不是所有人都要装呢。”

“听说以前谁都没有手机，不过用了十年，没有手机的人就反而成了少数呢。‘脑髓’不也是这样吗？”

“可是我会想，安了‘脑髓’之后的我，还是真正的我吗？”

“这是什么意思？”

“就是说，真正的我是拥有‘天然脑髓’的我，在安上人工脑髓的那一刻，我的大脑就成了天然加人工的，人格不也会发生变化吗？”

“那又有什么不好呢？人们说，天然加上人工才能实现真正的均衡，真正的人格才会出现嘛。”

“这是真的吗？怎么才能证明？你真的相信那种话吗？”

“说实话，我还是觉得现在的自己是真正的自己。”好朋友抱起胳膊，“如果在现在的基础上加上某些东西，那就是加上某些东西之后新的自己，现在的我应该就不存在了吧。虽然不知道新的那个我会怎么样，但我不讨厌现在的自己。确实没必要刻意去改变呢。”

少年和几位安了“脑髓”的同年级朋友说起过自己的想法。

“我也不太清楚，因为我还是婴儿的时候就安上了。

所以安了‘脑髓’的我就是真正的我。‘脑髓’就像四肢一样，是我的一部分了。”

“我是上小学后安的，应该算安得晚的了。安它只是因为爸妈嫌麻烦，没什么特别的原因。你问安上之后有什么变化？这个嘛……我一点儿感觉也没有。只不过，家人说我的心态比以前更均衡了。听他们这样一说，再看看他们以前给我拍的录影带，以前的我好像确实挺糟糕的。要么是死缠烂打地要大人给我玩具，要么是看动画片入了迷，不听人说话。现在好像多亏有了‘脑髓’，才抑制了那些问题。唔，也可以说是我长大了吧。”

“你们到底在担心什么呢？往脑袋里装一个机器，当然会和之前不一样了。而且要是没有变化，安装‘脑髓’不就没意义了吗？不过呢，想想看：就算没安‘脑髓’，你们也会永远不变吗？大脑通过五感，时刻暴露于外界输入的信息之中哦。每当有新信息输入，大脑回路就会修正。在这个过程中，你们的大脑回路每天都在重新写入信息。既然什么都不做大脑也会改变，那当然要让它往好的方向变喽。拘泥于‘天然脑髓’可太蠢啦。”

他们说的都很中肯，但少年和好朋友无论如何都没下定决心，他们的父母也没有硬要他们安装“脑髓”。就这样拖拖拉拉，时间一晃而过，两人成了初中生。

一天，好朋友表情严肃地来到少年身边。

“时候终于到了。”

好朋友说话时省略了主语，但少年自然知道他指的是什么。

“他们叫你安‘脑髓’了吧？”

好朋友点头。

“你打算怎么办？”

“我说我还不想安，但他们根本不听我的，说如果我反抗，就跟家庭法院联系，对我采取强制措施。”

“为什么这么突然？”

“祖母说我有点儿感冒，让我别来上学了。我说我没事，但她一直喋喋不休，我实在烦了，突然火冒三丈，用力推了她一把。”

“你祖母受伤了吗？”

好朋友摇摇头。“摔得不重，只是摔了个屁股蹲儿。但她好像很受刺激，据说如果没有‘脑髓’帮她维持均衡，祖母估计就要惊恐症发作了。”

“这也太夸张了吧。”

“好像也不是很夸张。听说祖母年轻时还没安‘脑髓’的时候，动不动就会歇斯底里。他们说，我的急脾气可能就是她的遗传。”

“那就不是你的责任，是遗传基因的问题。”

“好像正因如此，他们才非要我安‘脑髓’。因为很明显，我无法抑制自己的冲动。”

“不过，你这又不是犯罪。”

“照我爸说的，我这次只是让祖母摔了个屁股蹲儿，下次说不定就会把谁弄伤了。到时候再安就来不及了。”好朋友几乎要哭了，“喂，就算我变了，你还是会和以前一样和我玩的，对吧？”

“嗯。只不过……”

“只不过？”

“我反而担心你还愿不愿意一如既往地和我一起玩呢。你不会嫌弃我这个‘天然脑髓’的朋友吗？”

“怎么会！更何况是我，就更不可能了……不过话虽如此，我也不确定到时候的我还是不是现在的我啊。”

“那你什么时候去植入？”

“就是今天。他们说已经预约好了，要我放学后去脑髓师那儿一趟。你愿意陪我去吗？虽然很丢脸，但我有点儿害怕。”

少年默默地点了头。

在精密的大脑中植入巨大的“脑髓”，需要相当熟练的技术和直觉，所以脑髓师这一新兴职业需要考取国家资格证才能上任。因为都是和脑袋相关的职业，有很多脑髓师也兼任理发师。不少美发学校都有考取脑髓师资格证的课程，这大概也是很多人同时考取理发师和脑髓师资格证的原因。

哐啷啷啷啷——门铃响起，理发店的门开了。

一股刺鼻的洗发水味道飘了过来。

“嘿，欢迎光临!!”气场十足的理发店老板正在给客人洗头，他兼任脑髓师。“是预约过的小子吧？咦，这位是？”

“我是陪他来的。”

脑髓师哈哈大笑：“这年月，植入脑髓还要人陪啊。你们都上初中了吧？”

“有人陪是不行的吗？”少年认真地问。

“欸？嗨，陪着也行。”脑髓师似乎被少年的气势压倒了，“不过，这是一项精细的作业，拜托你别碍事哦。话说回来——”脑髓师指着少年的头，“你也很迟嘛。”

“迟一些也没关系吧？”

“啊，也不是说迟了就不行。不过随着年龄增长，大脑的可塑性会逐渐降低，植入脑髓的适应期就越长。如果脑髓师的手艺好，在适应之前无非就是看东西会重影、说话会口吃、手指会不听使唤地乱动罢了。而且，还是趁着麻烦事没发生的时候植入，更让人放心。”

说这些话的脑髓师头上，也没有安“脑髓”。脑髓师是不能植入“脑髓”的。过去曾发生过多次严重的事故，植入在脑髓师大脑的“脑髓”曾在脑髓师给客户植入“脑髓”并调整的过程中，和脑髓师的运动神经联动，相互干涉。后来，脑髓师本人就不被允许植入“脑髓”了。由于“脑髓”的植入是不可逆的，一旦植入“脑髓”，就无法成为脑髓师。脑髓师植入“脑髓”，就等同于放弃了这份工作。

“一会儿这位客人就理完发了，二位在那边稍等等。”

前一位客人理发大概花了三十分钟。

“好了，也快到闭店的时间了，我们迅速解决吧。”脑髓师对店铺里面的一个年轻男人说，“喂，实习生，给这小子剃一下头。”

实习生拿来推子和剪子，慌兮兮地开始给好朋友剃头。恐怕若是手底下慢了，会惹得脾气急躁的脑髓师发火吧。少年仿佛在脑髓师身上找到了一丝同为没有“脑髓”的人的共鸣。

“剃好了。”实习生说。

“好嘞，让我看看。”坐在角落里看报纸的脑髓师一面用挂在镜子前的毛巾擦手上的油和额头上的汗，一面起身。

他的手按在好朋友的脑袋上摩挲。“喂！这里还没剃干净！还有这儿。要是我的手指被头发勾住，手底下乱了套，你打算怎么办？一句‘对不起’可解决不了问题。大脑构造精密得很，脑髓师啊，是要积累多年的直觉才能干的。有一点儿没剃干净，直觉都会轻易地被搅乱。你要给我记好！”脑髓师从实习生手中夺过剃刀，“噌噌”地刮着好朋友头上没剃干净的地方。

脑髓师的手法相当粗鲁，有时会割破好朋友的头皮，渗出血来，但好朋友闭着眼睛，似乎在忍耐痛苦。

“好了，差不多就这样了。”好朋友被剃成了秃瓢，脑髓师用毛巾擦去他头上的血，接着在衣服口袋里摸了摸，掏出一小截红蜡笔似的东西，一面用游标卡尺测量距离，一面在好朋友的头上做了几个标记。“喂，实习生，你来试试看。知道海马体和侧额叶的分界在哪儿吗？”

“呃，是这里吗？”实习生不太自信地做了个标记。

“嚯！你还是太嫩啦。分界是在这里没错，但如果从这儿切进去，会碰上头盖骨的裂缝，然后就跑偏了嘛。这边正合适，但是这块有点儿凸起。还是从额上沟下手吧。”脑髓师用大拇指蹭掉实习生画的印子，在另一个地方重新做了标记。然后用游标卡尺重新量了每个标记之间的距离，瞄了瞄墙上贴的那张泛黄的数据表，手指在空中比画着，像是在心算。

“好，就这样。”脑髓师在好朋友头顶略偏一些的地方画了一个大叉子，从镜子旁边的架子上拿出几只“脑髓”。

每一只“脑髓”都好像经过了打磨，闪着耀眼的光。形状有点儿像小号的萝卜，长叶的位置排布着转盘和旋钮。为了刺破头骨，“脑髓”的前端包覆着硬金属。脑髓师打开开关，转盘开始旋转，“脑髓”的各处有或粗或细、大小不一的针飞快地伸缩。这些针似乎对应着不同的转盘，即使是两根紧挨着的针，伸缩的速度和周期也不相同。属于同一个转盘的针也不一定离得很近，它们似乎零散地分布在整个“脑髓”表面。

脑髓师像检查西瓜熟没熟透似的，用手指“砰砰”地敲了两下好朋友的脑袋，摇晃着几只“脑髓”，口中念念有词地沉思了一会儿，好像终于下定了决心，抓起其中一只“脑髓”：“就用这一只吧。”

脑髓师用毛巾擦了擦“脑髓”的前端，把它抵在刚才画的叉子上，整个人压了下去。

“好痛——”好朋友呻吟道。

“忍一忍吧，小子。要是上了麻醉，人就没有反应了，没法做精细的调整。要把五百多根针都调整到合适的位置，不是轻而易举就能办到的。而且，大脑本身是没有痛觉的，疼的只是皮肤、硬膜、血管什么的。忍过这阵就好了。喝！！”

脑髓师猛地发力，“脑髓”的前端嵌进大脑几厘米。

“唔呃！！”好朋友口中溅出白沫。

“估计再往左边两毫米就行了。”脑髓师观察好朋友的反应，稍微移了移前端的位置，“嗯，这样就差不多了。”

好朋友面色苍白，浑身颤抖。

“我说，也不是一定要今天安吧？”少年对好朋友喊道。

好朋友迷茫地看着脑髓师。

“哦哟哟，害怕了吗？不过，我倒不是非得今天给你安不可。可要是错过今天，再预约就要到下个月了。到时候你大脑的状态变了，又要重头来过。还要再加一笔钱。怎么样？家里人会为你付钱吗？”

好朋友哆哆嗦嗦地摇头。少年分不清那究竟是否定，还是单纯的发抖，或者是痉挛发作。

“那就没办法了，今天就要安完。”脑髓师把“脑髓”往外提了提。

好朋友还在发抖。

“喝!!”脑髓师再次压下“脑髓”。

钝重的声音响起，骨头碎片、血和一部分脑组织四溅，弄脏了脑髓师的白大褂和脸。

好朋友的身体有一瞬弹了起来，继而“啪嗒”一声掉在椅子上。他发出难以形容的声音，翻着白眼，手脚胡乱拍打着。

脑髓师单手撑着“脑髓”，趴在好朋友身上，双腿和腋下并用，压住好朋友，不让他乱动。“喂，实习生，还在那儿磨蹭什么？把我脸上的血擦干净，还有，把后院的脑电仪拿过来!”

实习生跑到后院，拿来一套锈迹斑斑的机器。他想把机器放在镜子前面的台子上，机器却刮到好朋友的手，重重地摔在地板上。机器的外箱裂开，配线弹了出来。

“你这个废物！干什么呢!! 算了，把白金线给我!!”脑髓师拽住导线，把摔坏的脑电仪从地上拖过来。

脑髓师把几根白金线挂在转盘上，剩下几根插进好朋友的鼻子、舌下、耳朵和眼睛的黏膜。每当他转动转盘，从碎玻璃里戳出来的仪表指针都咔嚓咔嚓地震颤。

“好了，看来顺利插进脑干了。”脑髓师“砰”地一敲“脑髓”前端。

好朋友发出野兽般的哀嚎。

“实习生，给我使劲压住这小子。我要在他大脑内部把针放出来固定‘脑髓’。有胆子就动一毫米试试，那会留下无法修复的损伤！”

脑髓师用指头硬生生地撑开好朋友的眼皮，好朋友的黑眼球在骨碌碌地打转。

脑髓师碰了一个转盘，黑眼球开始向相反的方向旋转。

“原来如此，是这个毛病啊。”

他又微调了一会儿，黑眼球不再打转了。

脑髓师慢慢地调整每一个转盘，好朋友的狂躁也随着调整渐渐放缓，他终于瘫作一团，不再动弹，只是还在轻轻地痉挛，身子一抽一抽的。

“随着时间过去，痉挛也会停止。照现在这个程度，大概一小时就会自己好转。实习生，找个东西把‘脑髓’固定在头盖骨上，别让它偏了。然后给伤口上止血药。”

实习生照着处理，然后褪下脑髓师的白大褂，开始打扫满是血和脑浆的地板。

打扫完毕后，脑髓师只拨了一格转盘。

好朋友一下子跳了起来。

“小子，感觉如何？”

“嗯，”好朋友受到惊吓似的不停眨眼，“身体发颤，停不下来。”

“这个不用担心。要不了多久，你的大脑就会适应了。其他的呢？有没有看到奇怪的幻觉？或者有什么想法一直在脑子里转悠？”

好朋友思忖片刻，回答道：“这些好像没有。应该没事。只是我的头好痛，有点儿想吐。”

“因为硬膜破了。我给你开方子，你去药局拿止痛药就行了。”

“脑髓师还能开药呢？”少年很惊讶。

“是啊。但因为不是医生，不是什么药都能开，一般来说只能开些止疼药或者抗生素。”脑髓师写好药方，递给好朋友：“好了，可以回去了。今天一天不能洗澡。现在好像有些年轻的脑髓师告诉客人立刻就能洗澡，但最好还是忍一天，以防感染或出血。好了，今天我必须得看晚间比赛，现在就得关门喽。”脑髓师就差直接把他们赶出去了。

“你能站起来吗？”少年怯生生地问。

好朋友慢慢地摩挲着自己的大腿到膝盖：“嗯，感觉应该可以……咦？”

“怎么了？”

“我头疼，膝盖也在发抖。所以刚才闪过一个念头：‘他妈的！’”

“这很正常吧。”

“可是，这个念头立刻就消失了。我根本就没想什么‘他妈的’。”

“什么意思？你刚才不是想了吗？”

“我好像不太确定。也许我根本就没那样想过，要么就是刚一想到就化为泡影了。就算真的那样想过，那种情绪也消失了，已经无从确认了。”

“是‘脑髓’起作用了？”

“应该是吧。抹除了无意义的负面情绪。”

“也就是说，它擅自控制了你的情绪？”

“恐怕是的。如果是这样的话，相当于它对我做了很过分的事。可是，我并不感到气愤。”

“这算是好事吗？”

“现在还说不准。毕竟刚换上新脑髓，还没过多久。”

“你还是以前的你吗？”

“我觉得是，但没有把握。我觉得一小时前的自己和现在的自己是一样的。但实际上，一小时前的我已经不存在了，也许只剩下相信一小时前的我是现在的我的延续的我。唔。这样算是回答了你的问题吗？”

“我不知道。”少年摇头，“早知道就该在植入之前想好确认的办法。比如问一个特殊的问题，找到不同的回答什么的。不过无论怎样，现在都已经晚了。”

“那轮到你的时候我们就这样做吧。”好朋友笑了，笑容和之前一样。可现在的他，头上刺入了一个巨大的、沟壑纵横的凸起物。

“你还站不稳吧？靠在我肩上吧。我们还得去趟药局。”

休息几天后，好朋友来学校上课了。

“你没事了？头还痛吗？”

“没事了。已经能洗澡了。”

“心态上有什么变化吗？”

好朋友摇摇头：“我还是不太清楚。对着镜子看转盘，它有在正常运转，所以我想，肯定有针在我的大脑里刺来刺去，保持着脑回路的均衡。但就像那个脑髓师说的一样，由于大脑没有痛觉，所以我没什么特别的感受。”

“不会觉得别扭吗？”

“一点儿也不……说不定是觉得别扭的，只是‘脑髓’抹除了这种情绪。”

同年级的朋友们朝两人走了过来：“哇哦，两座大山终于倒掉了一座嘛。”

“嗯，我现在想想也觉得不可思议：以前为何要那么坚持不装‘脑髓’。”

“咳，要是不觉得不可思议，就说明你的‘脑髓’还没发挥作用呢。”

也许是心理作用，少年觉得其他同学对自己和好朋友敬而远之的态度有所缓和。不过，真正被大家接受的，大概只有好朋友而已。

表面上，少年和好朋友的关系没有变化。如果硬要说有了点儿变化，那就是好朋友几乎不再发脾气了。

智力水平必然是不会变的，但或许是学习时不会出现无用的情绪，好朋友的成绩逐渐进步了。

少年渐渐感到一种被抛下的疏离。

“那是你一时糊涂罢了。”一天午休时，好朋友回答了少年的问题，“除了比之前冷静了一些，我觉得自己毫无变化。你不是也这么觉得吗？”

“嗯。但怎么说呢，你装上了那个。”少年指着“脑髓”。

“看上去确实有很大不同呢。虽然它也能随着技术更新变小，但在这之前几乎已经普及到大多数人身上了，事到如今，也没必要再让它变得不显眼了吧？散热也是不得不考虑的问题啊。也许为了和没装‘脑髓’的人有明显区别，人们反倒希望它的形状和颜色更出挑吧。”

“这不就有些歧视的意思了吗？”

“装上‘脑髓’后，人就没有歧视的想法了。只是单纯从功利角度来看，说话办事的时候还是知道谁是‘天然脑髓’更方便。”

“可以监视他们，避免他们犯罪或做出反社会行为？”

“不，是可以事先做好心理准备的。假设你的邻居是外国人，你们语言不通，但从对方的外表上看不出来，你就不知道嘛。如果他突然和你说外语，你就有可能不知所措。如果一开始就知道对方是外国人，你就可以马上准备翻译机，事先做好准备。”

“你对我也做了相应的准备吗？”

好朋友的“脑髓”转盘似乎开始转动，发出了“呜呜”的声音。一般来说，这意味着使用者的情绪激动了。

“我没这样想过。你有这种感觉吗？”

“反正说谎也无所谓吧？”少年自暴自弃地说。

“这是什么意思？”

“压制情绪，不让它爆发，为了避免事态恶化，也允许说谎——这就是‘脑髓’的功能吧？”

“唔，也可以这样认为，实际上它没有这么厉害。‘脑髓’分不出谎话和真话，它只会试图纠正回路的不均衡。”

“看，你承认了！”

“喂，你冷静点儿。我没有变，变的人是你吧？”

“我？”

“你以前很直爽、很坦诚，没有这么别扭、爱嘲讽人。”

“你能不能不要随意判断别人的性格？”

“怎么了？你生什么气啊？”

“你说话的口吻简直像大人对孩子讲道理似的，这种优越感让我不爽。”

“等一下，我可没这个意思。”

“以前就算我情绪激动，你也会冷静地接受。”

“我不激动，不是因为把你当成小孩，而是‘脑髓’压制了我不必要的情绪起伏。你应该清楚吧？”

“我也是有脑子的！”少年终于忍不住怒吼起来。

他感受到周遭同学的目光。当然，他们不会直勾勾地盯着看，而是在脑子里偷偷观察——看那个“天然脑髓”，他又发火了。要是早点认清现实、安上“脑髓”，他就不会这样了。

少年做了个深呼吸，试图找回冷静。

对了。就算没有“脑髓”，他也可以控制情绪。

“不好意思，我好像说了让你不高兴的话。”好朋友说话时表情沉稳。

“没事，做错事的是我，不是你。”

“能听我一句劝吗？”

“嗯。”

“是时候让自己好过一点了吧？”

“你指什么？”

“就算现在去安‘脑髓’，也不会有任何人指责你。”

“你什么意思啊？我又不是赌气不安‘脑髓’的。”

“那你就更应该……”

“那个时候我会自己做这个决定，我是有自由意志的。”

“现在也可以是‘那个时候’吧？”

“如果我现在决定去安，我遵循的就是你的意志，而不是我的自由意志了。”

“所以你就别再固执啦。”

“知道了。这个话题就到此为止吧，是我太蠢，根本就不该找你商量。”

那天之后，少年就和好朋友疏远了。

少年和好朋友升上了不同的高中。当然，少年在那所高中交到的朋友也都植入了“脑髓”，只不过少年没见过他们植入之前的模样，相对来说容易相处。

少年恐怕早已和周遭格格不入，但自然没有人表现出来。班主任偶尔绕着弯子劝他植入“脑髓”，但这并没给他带来很大的压力。

高二那年的春天，少年恋爱了。

对方是和少年同班的女性朋友之一，高一时两人在不同的班级，经常见到彼此，但不知道彼此的名字。

“你是‘天然脑髓’吧？好酷哦。”这是她对少年说的第一句话。

换一个角度理解，这话或许相当失礼，但这是第一次有人这样说，少年听了很开心。他也因此不必和对方回避这个话题。

“嗯，这是我的一点点坚持。是不是很傻？”

“不，你没有‘脑髓’还能控制自己，真的很酷。有种禁欲的感觉。”

之前说过用“天然脑髓”更好的人，只有安装“脑髓”之前的好朋友，所以少年在听到这句话的瞬间，就对少女产生了好感。当然，少女也植入了“脑髓”，肯定会刻意避开让人不悦的说法。说出这样的话，大概也和她原本亲切待人的性格有关。但是，少年确实从少女的话中听到了对“天然脑髓”的好感。

少女突破了性别的屏障，成了少年唯一交心的朋友，她是少年和好朋友疏远后，交到的第一个交心的朋友。

两人经常在课间闲谈，进而又发展到一起吃午饭。

少女在身边时，少年和其他的同学说话也变得轻松了许多。仿佛只要有她在场，少年就有了和其他人对话的机会。

通过和少女的接触，以及以少女为媒介和其他同学的接触，少年开始觉得植入“脑髓”的人或许也没有那么抵触“天然脑髓”。他也开始相信，“天然脑髓”没什么大不了的，自己不是也能和植入“脑髓”的人正常地交流吗？

“如果方便的话，”少年心跳如鼓，几乎要从嗓子眼跳出来了，“这个周末我们一起去看电影吧？”

茫然无措间，他想：要是安了“脑髓”，这样的时候，自己就不会这么紧张了吧？

少女瞪大了眼睛，微笑着望着少年。

片刻的沉默。

她会怎么回答？会答应还是拒绝？如果被拒绝了，就彻底死心吧。这代表她没想过和我成为那样的关系，如果我还死缠烂打，说不定更会被她讨厌，到最后连朋友都没的做了。

不过，真的应该老实地放弃吗？听说女人就算对对方有意思，也还是会拒绝一次。如果是这样的话，要怎么办？即使被拒绝，也要改日再试一次吗？但如果她真的没有那个意思，不就只会觉得烦吗？

话说回来，安了“脑髓”的人真的会耍这种心思吗？而且按照她原本的性格，应该不会故意试探别人。

该死。早知道会这样，就应该想得更仔细些再约她。模拟她的回答和我对回答的反应……

“好啊。”少女望着少年，又大又圆的瞳仁里一如往常地带着调皮的神情。

“要是不方便的话……欸？刚才你说‘好啊’？”

“嗯。我们在哪儿见？”

少年有生以来第一次知道，所谓“高兴得要上天”的心情是真的存在。

他不禁欢呼起来。

回过神才发现，班里的同学们都在看他。

但他压根儿没觉得不高兴，反而回以微笑。

大家放声大笑。少年很清楚，那笑声并非源于嘲讽或轻蔑，而是温暖的友情使然。

“让你久等了。”

“啊，不会……”看到少女出现在他们约定见面的公园，一身打扮让少年惊讶得说不出话。

想来他以前见到的都是少女穿校服的样子，穿私服的她和平日里判若两人。浅色调的衣衫让少女宛如春日的精灵。她在黑发上扎了一个蝴蝶结，正好盖住了“脑髓”，就像那里没安东西一样。

这是流行的发型吗？还是她在乎我的感受刻意而为之？

少年连询问的勇气也没有。

“你有什么想看的电影吗？”少年紧张地说。

“没有，你有想好要看的吗？”

“没，没什么特别想看的。我原想着看你想看的就好。等一下哦，我查一下电影网站。”

“哎呀。也不用非要看电影嘛，就在这儿的长椅上坐着聊聊天吧。”

“但你是为了看电影来的。”

“目的不是电影，是约会吧?”少女莞尔一笑。

她究竟是开玩笑还是认真的?少年有些迷茫。

“是哦。那我们就在这儿聊聊天吧。”少年慢悠悠地在长椅上坐下，掩饰着内心的不安。

她是绝不会不安的，而且恐怕还在为我着想，担心我会不安。

想到这里，少年害羞得恨不得地上有个洞，让他立刻钻进去。

在长椅上坐下容易，但之后少年又不知该说什么了。沉默持续了将近一分钟，越是告诉自己一定要说些什么，越是有诸多思绪在少年的脑海中飞转，定不下来。

说什么都好，总之要开口说话。

“那个……”

“嗯……”

两人同时发出声音。

然后吓了一跳，盯着对方瞧。

难道她和我的心情一样?不会，怎么可能呢?她不会有这些多余的迷茫。

“你要说什么？”

“没，不是什么重要的事。你先说吧。”

啊，太好了，她主动和我搭话。

“我想说的也不是什么重要的……你该不会很紧张吧？”

“欸？！”

被看穿了。不过隐瞒也没有用，还是老实交代吧。

“嗯。是有点儿。没安‘脑髓’就会这样，像个白痴，一点儿也不酷。”

“即使安了‘脑髓’，也不会完全不紧张哦。”

“真的？”

“考试、学习等必须集中精神的时候，还是会有些紧张。相反，在家休息的时候就能一直保持放松。”

“现在呢？”

糟了，我大概问了个蠢问题。

“现在可紧张了。”

“咦？为什么？”

“因为在约会嘛。”

我的心脏几乎要炸裂了。

“欸？是吗。”少年没有自信继续伪装冷静了，“我还以为安了‘脑髓’，就能永远保持冷静，不会紧张呢。”

“那怎么可能嘛。真要是那样的话，就无法享受娱乐了，而且——”少女顿了顿，“也不能恋爱啦。”

这是怎么回事？我该怎么做才好？

少年的心剧烈地跳动着。

今天只是我们的第一次约会，就算再傻我也知道，如果认为这就意味着我们开始交往，那我也太自大了。那要怎样才能正式确定两人的关系？现在立刻对她说“请和我交往”吗？不行，这样显然是操之过急了，会吓到人家的吧？有了，今后多这样约会几次就行了。慢慢地就会自然而然地在一起。男女之间的关系，就是这么回事。

那么，现在我到底该说什么呢？

“其实，我现在很烦恼。”

天哪，我到底打算说什么啊！

“我在想，是不是到了该安的时候了。”

“欸？为什么要烦恼？”

“我想，显然还是安了的好。”

“没有。”

“你是说不安比较好吗？”

“没有。”

“到底是好还是不好啊？”

“没有好，也没有不好。”

“什么意思？”

“就是怎样都好的意思啦。既然怎样都好，就没必要为了这个烦恼。”

“真的怎样都好吗？可你不是安了吗？”

“这不是我自己安的，而且安上之后也拿不下来了。”

“脑髓”的植入是不可逆的。硬要拔下来，会损坏整个大脑。

“所以你讨厌安装‘脑髓’？”

我在高兴个什么劲啊。

“也不是这样。”

“听起来有点含糊啊。你的结论是什么呢？”

“我不是说了吗，没有什么结论。怎样都好。”

“但不是这样吧？只有安和不安两种选择。”

“是啊。安上之后，能做的发型就有限了，顶多是从穿衣打扮的角度来看不太好吧。”她又调皮地笑了笑，“其实我根本记不清安之前的事了，那时候我才上小学低年级。所以我说不出哪样更好，但至少安了之后没有那么糟糕。”

“那就是安了的好。”

“但只要安上，就不能拆除了哦。这样一想，我又觉得好好感受自己安之前的大脑也不坏。毕竟想安的时候随时去找脑髓师就行了。”

“所以到底要怎样呢？……不过你说了，怎样都好。”

“我是说，既然如此，就没必要因为这种事烦恼。想安就安，不想安就不安。”

听了这句话，我的心好像怦怦跳呢。

“确实，你这样一说，我也觉得没什么好烦的。但它是一个实际存在的问题，我就是因为不知该如何是好而烦恼。”

“所以你就是‘不知道自己想选哪一边’吧？”

“真是让人茅塞顿开。你说得太对了，我就是搞不清楚自己的想法。”

“只有‘天然脑髓’才会这样吧。我有点儿羡慕呢。”

“因为是别人的事，你才会这样想。当事人是非常痛苦的。”

“如果不想痛苦，干脆去安装‘脑髓’也是一个办法。”

“你是说，安上之后，就能掌控自己的心思了？”

“至少不至于搞不清楚自己的想法。”

少年陷入了沉默。

“怎么了？哪里不开心了吗？”

“我觉得这样是不对的！”

喂，怎么突然激动了？

“哪里不对？”

“我确实无法掌控自己的心思，而你认为只要安了‘脑髓’就能解决这个问题。但这是真的吗？”

“是真的呀。现在我就是这样嘛。”

“你怎么确定这是真的？”

“因为我是这样觉得的。不过要产生这种感觉，你也必须安装‘脑髓’……”

“‘天然脑髓’无法决定的事，‘脑髓’就可以轻易地决定。你是这个意思吧？”

“嗯。”

“既然如此，那决定就不是你做的，而是‘脑髓’做的。”

“那不会的。‘脑髓’只是帮我压制不必要的紧张和不安，做决定的是我自己。这一点我自己是最清楚的。”

“你认为做决定的是你自己。但你怎么知道决定是单凭你一个人做的？”

“我和你一样，清楚自己在做什么。我能切实地感觉到，现在做决定的是我自己。”

“那你如何区分自己和‘脑髓’呢？”

“我不明白你在说什么。”

“你在做决定的时候，会和‘脑髓’商量、听它的意见吗？”

“没有的事。‘脑髓’不会给我意见的。”

“你怎么知道？你有信心区分哪些是自己的行为，哪些是‘脑髓’所做的吗？”

“我就是我呀，我能分得清楚。”

“但你刚才说，你是不会被‘脑髓’左右的，也就是说，你不认为‘脑髓’来自外部。”

“你是说，‘脑髓’混在我的意识之中，也被我认成了自己？”

“我终于说清楚了。我怀疑你真正的大脑——‘天然脑髓’和‘脑髓’已经紧密交织，形成了一个完整的人格。”

少女思忖片刻：“我还是觉得自己就是自己，没有混入别的东西。”

“所以，你和‘脑髓’可能已经合而为一啦。这样的话，你是绝对分不清楚的。”

“也许是吧。不过，这件事有这么重要吗？我遇见你的时候，已经安上了‘脑髓’。所以你见到的只是与‘脑髓’合而为一的我。尽管如此，你还是约我出来了。”

“嗯，是啊。”

“那你约的是真正的我，还是包含‘脑髓’的我？”

这时，少年直觉少女头发下面的“脑髓”转盘一定在迅猛地运转，他感到一阵恶心。

“我不知道。你都不知道的事，我怎么可能知道呢？”

“既然如此，何必介意这个呢？既然不知道，不是哪个都一样吗？”

“不一样。这不是知不知道的问题。这关乎人类的尊严——自由意志。”

“你觉得我没有自由意志吧？”

“我说了，我不知道啊。这个问题，只有你本人清楚。我的确是有自由意志的，你呢？”

“没错，你害怕失去自由意志，所以才逃避‘脑髓’。”少年觉得少女此时目光炯炯，“如果我说，即便安了‘脑髓’也有自由意志，你就会下决心安吗？”

“但我无法肯定你的话是真的还是假的。”

“相信我！”她的声音好像变得激动起来。

这是怎么回事？难道她在演戏？

“等一下。这就是你的目的吗？让我下定决心？所以你才接受我的邀请？”

“别这样想。”

“不行，我没有压制情绪的‘脑髓’。”

“从今往后的人生，你打算一直逃避‘脑髓’吗？”

“嗯，我要逃避一辈子。妈的！！”

怎么会这样，我竟然在她面前口出恶言。说不定她不会因为这种事生气吧？但恐怕会瞧不起这样的我。轻蔑是不会产生爱意的，这点道理我还是懂的。怎么办？要立刻承认错误，老实地道歉吗？

不，不行。我已经怀疑她了。我怀疑她想暗中让我下定决心安装“脑髓”。就算继续和她交往，我可能也无法从心底打消这份怀疑。而且她也会一直觉得我在怀疑她。

“对不起啊。”少年从长椅上起身，“是我误会了。我们之间的沟壑比我想象的更宽、更深。”

“只是你这样想而已，我从没觉得我们之间有什么沟壑。”

“再见了。”少年头也不回地走开了。

少年失去了少女。

少年更加封闭自己的内心，仿佛害怕让别人知道自己有心一样。

有“人工脑髓”的人无拘无束地表达自己的情感，“天然脑髓”的自己却要压抑它们，这让少年感到巨大的矛盾。可少年不得不这样做。

人心只有在适当的压制下才是安全的，再没有比不受控制的心更危险的东西了。

安了“脑髓”的人肯定是这样想的。既然如此，最好不要让他们意识到我的心是自由的。他们当然不会相信我没有心，但和逍遥自在地表露情感相比，这样做被视为危险分子的可能性会明显降低。

面对她的时候也一样，绝不能掉以轻心。绝不能让她发现我对她的特殊感情。

即使我本不愿如此。

少年每天都这样告诫自己。渐渐地，下意识地不表现情绪成了他的习惯。这一习惯也使他深藏在心中的感情愈加滚烫。

那天阳光不太刺眼，但少年出门时还是戴上了帽子。他不想让别人看到自己清爽利落的头顶。

他很快便找到了要买的书，付款后匆匆离开书店。

就在那个时候。

他和本该早已放弃的淡淡思念擦肩而过。

他不知道对方是否注意到了自己。擦肩而过时，两人之间还有几个人走过。他能发现对方几乎都可以算奇迹了。正因为时常追寻，他才能感应到对方那一丝若有若无的气息。

有那么一瞬，他迷失了自我。

在学校里，两人并非完全没有交流。课间休息时说上一两句话也不算稀奇。可是，两人的交流和以前相比已经有了本质上的变化。关系不再继续成长，而是被紧紧地封闭了起来。这样的关系在校园环境中，已经彻底不可能修复了。

然而，此时此刻或许还有转机的可能。眼下的环境算不上不同寻常，但既然在街上偶遇——不同于两人平时共处的空间，少年直觉两人也许可以从头来过。

但是，我会不会让她觉得死缠烂打、被她嫌弃？不，我已经被讨厌了，事到如今，已经没什么好失去的了。

少年鼓足了勇气转过身。

只是那一瞬间而已，少女却已经走了很远。好像只有属于少年的时间停止了似的。

少年急了。

这样一来，就没法假装自然地和她打招呼了啊。要大声叫住她吗？不行，我干不出这么突兀的事。还是先离她近一些，然后若无其事地搭话比较好。

少年终于迈动僵硬的双腿，开始追赶少女。

少女前进的步履像跳舞一般轻盈，而少年的脚走在铺好的路上却像踏入了烂泥地，每走一步脚下都黏糊糊的。别说追上少女了，没有跟丢已经是竭尽了全力。

就这样不知走了几分钟，自我厌恶的情绪慢慢缠绕住少年。

我到底在干什么啊？客观地看，我一直跟在甩了我的女孩身后。这简直就是跟踪狂嘛。

少年想过就此停步，但想到今后恐怕不会再有这样的机会，又无法轻易放弃。

少年又跟了少女十分多钟。

此时，他大概知道少女的目的地了。

是那座公园，那座两人第一次约会便分手的公园。

少年内心升起一股恐惧，但还是咬牙跟着。

我不能为了这点事认输，我有自由意志，绝不向命运低头。

终于，少女来到了公园门口。她在门口停下，慌张地向里面张望。

不是那边，是这边。我在这儿。

少年开始奔跑。

你在那里别动，我马上就去找你。

只差一步就要接近少女时，少女忽然消失了。

少女从少年身边逃走了。

不，那是少年的错觉。

少女用力挥着手，朝长椅跑去。

看到从长椅上站起来的那个人，少年的双腿卸了力气，一个踉跄，倒在地上。

那家伙为什么会出现？

好朋友将飞奔而来的少女搂入怀中，目光笔直地望着少年。

少女也注意到好朋友的目光，回过身来。

两人的神色中没有不安。

少年的腿不听使唤，但他还是勉强站了起来，想跑着离开这里。

“等等！我有话要说！”好朋友喊道。

“你不必解释。你们没做错任何事，没有骗我，也没有背叛我。这一切只因为我是个无敌的蠢货。”

“我不会要你相信我。但我想告诉你，我们是偶然认识的。认识很久以后，才知道我们都认识你。”

“嗯，我相信。不过就算相信，我的愚蠢也不会改变。”少年自嘲地说，“你们如果没有‘脑髓’，现在只怕会为我的愚蠢笑掉大牙。”

“别这么说。”少女悲伤地说，“我本不想伤害你的。”

“抱歉啊。我分不清你那悲伤的表情到底是真正的悲伤，还是‘脑髓’为了不伤害我的感情而命令你演出来的。更何况，也许连你也分不清。所以什么都不用说了。我是受到了伤害，但伤口不会因为你们的话而痊愈，也不会因此伤得更深。”少年强颜欢笑，“看，我也能控制自己的情绪。所以，你们根本没必要担心。”

两人什么都不说了，只是用悲伤而温柔的目光望着少年。

少年转过身，背对他们，慢慢迈出脚步。

“再见了。”

那一天，少年告诉父母，自己打算植入“脑髓”。

父母只是点点头，温柔地对他微笑。

当天晚上，少年一直对着镜子看自己的头。到了早上哭了一小会儿，就去了理发店。

少年前面只有一位客人。

那是一位上了些年纪的男人，脑髓师做准备的时候，他好像一直在看报纸。

“你今天是来剪头发的吗?”脑髓师问话时气场十足,“等这个人更新完,马上就到你了。”

少年摇头:“今天不剪头发,而是来拜托您帮我植入‘脑髓’的。”

“终于下定决心了吗?花了好久的时间啊。从小就慎重过了头,也很成问题啊。”

“唔。”上了些年纪的男人说,“只是单纯地因为害怕而推迟吧?还是说有什么原因让植入延后了?”

“哎,原因可多了去了。”脑髓师试图岔开话题,“年轻的时候,就是会想很多没用的东西。不过,那些过往都会成为美好的回忆。”

“如果是立志要成为脑髓师,那也不是不能理解。但若是只因为害怕而没植入,你不觉得太丢人了吗?”

“这位客人,不好意思。”脑髓师说,“我们还是赶快更新吧。这样怼一个年轻人,可不像平时的您啊。”

上了年纪的男人似乎恍然大悟:“原来如此,您说得对。我说的话确实让别人难堪了。请您原谅。本应该早点儿来更新的,可我实在太忙了。看来的确需要微调了。”

“没关系,我确实害怕植入‘脑髓’。不是怕疼,而是害怕丧失自由意志。不过,我已经下定决心了。”

“喂，就算植入了‘脑髓’，也不会失去自由意志的。我一直都在按照自己的意志行事。”

“好像的确如此。最终，不过是我想太多了。”少年说了谎。他来这里的目的，其实是放弃自由意志。

脑髓师给上了些年纪的男人系上一条吸水材料做的大围嘴。“下面您已经事先处理过了吧？”

“嗯，在家里已经垫好尿不湿了。”

“那我就开始为您更新了。”

脑髓师行了一礼，从口袋中拿出一根用旧的电线，把一端插在墙上的插座里。电线的另一端是一根白金做的粗针，几毫米粗，长十几厘米。脑髓师将针抵在男人“脑髓”的缝隙处，一口气压下身子，针头哧溜溜地扎了进去。

上了些年纪的男人立即猛地向后仰倒，翻着白眼开始一抽一抽地痉挛。他半张着嘴，大量口水哗啦啦地淌出来，恐怕下身也是粪尿横流。

“我总是想，更新的时候，一定是人在日常生活中最接近死亡的一刻。”脑髓师自言自语般说道，“虽然我应该是一辈子都不会经历了。”

“您上了年纪辞去工作后，不会安装‘脑髓’吗？”

“每天看着这些，慢慢就不想安了。”脑髓师一面观察上了些年纪的男人的状态，一面缓慢地调整转盘。

“更新是必须做的吗？”少年提问。

“也不是一定要做，但最好是做。你知道更新是为了什么吗？”

少年摇头。至此以前，他一直觉得“脑髓”和自己无关，根本不想了解。

“唔，一般只说更新，其实有更新和维护两重作用。所谓的更新就是字面意思，替换让‘脑髓’运作的基本程序。‘脑髓’只要植入，就不能再取出来。也就是说，即使变旧了也要放在里面。所以既然硬件不能更换，至少要把软件更新一下。虽然性能无法像最新款的‘脑髓’一样出色，但勉强还能跟得上时代。这位大叔的‘脑髓’已经有年头了，所以有时会像刚才那样，允许他说出顶撞他人的话。不过它还在尽职地发挥功效嘛。另一个作用是维护，主要是根据大脑的变化，对‘脑髓’进行微调。人类的脑回路时刻都在发生变化，所以严格来说，也必须让‘脑髓’适应大脑的变化。尤其是旧款‘脑髓’，如果不仔细维护，刚才这位大叔的行为也许会发展成暴力、犯罪。”

“怎么会这样？明明都植入了‘脑髓’……”

“‘脑髓’也不是万能的。如果不经常和有生命的大脑调整一致，只会成为脑内的异物罢了。不过不用担心，你植入的是最新款，能在一定程度上自动调整。哎，比别人晚植入的好处就在这里了。当然了，有时也要为程序中的问题打补丁，所以一个月更新一次比较合适。”脑髓师量了男人的脉搏，“这位大叔的情况似乎稳定了，开始准备你的吧。我先给你剃头，坐到那张椅子上好吗？”

少年眼看着被剃成了光头。用推子推过后，再用剃刀剃。尖锐的刀刃划过头皮，有种异样的新鲜感。

“嗯？”脑髓师显得有些疑惑。

“怎么了吗？”

“没，就是……”脑髓师拿出卡尺，仔细地量了少年脑袋的形状，“果然如此，这下麻烦了。”

“出什么问题了吗？”少年忐忑地问。

“不是。也不算什么问题，只是你脑袋的形状不标准。”

“脑袋的形状还有标准吗？又不是工业制品。”

“‘脑髓’是工业制品，所以如果脑袋的形状不符合标准，就无法适配。”

“那就不能植入‘脑髓’吗？”

“当然有办法植入。现在所有国民都有植入‘脑髓’的权利。”

“什么办法呢？”

“一种是定制适配你大脑的‘脑髓’。但一般来说要花半年到一年的时间，需要精准测量你的大脑。我这里的设备很难做到，得去市里更大的理发店才行。当然我会帮你写介绍信的。”

“另一种呢？”

“直接去脑髓工厂，请那里的工匠为你植入‘脑髓’。工厂有各种特殊的工具，听说即使脑袋的形状不标准，工匠也能巧妙地将‘脑髓’塞进去。不过并非百分之百能成功，也会有些功能无法使用。但只要去了，几乎当天就能帮你处理。”

少年思索了一阵。一年太长了，这期间也许还会发生许多令人痛苦的事。而且好容易下定了决心，万一在这段时间变了主意，一切又要从头开始。

“那我直接去工厂吧。需要什么申请手续吗？”

少年换乘了好几种交通工具，终于来到了脑髓工厂。

海角延伸到灰色的大海中好几公里，工厂坐落在海角的尽头。整个海角和半径数十公里的大地上，密密麻麻地排布着黑漆漆的工厂设备，形成一个工业区，整片区域却丝毫没有在作业的样子。听说自数十年前的一起重大事故后，这里一直没有启动过。脑髓工厂以前不是工业区的一部分，而是工业区的一部分解体后新建的。只不过工厂黑乎乎的老旧外观和其他工厂群毫无区别，完美地融入于工业区之中。

有轨电车在蜿蜒的铁轨上行进，不时被某些东西绊住紧急刹车。好像是铁轨老化，多处破损的关系。

少年下了电车，天空漆黑，下着小雨。

他立起衣领，快步走入建筑。

通过入口，前面有一个咨询台，那里一个人也没有，半死不活的荧光灯发出“咔嚓咔嚓”的声音，闪个不停。

“不好意思，请问有人吗？”少年朝里面喊。

建筑里传来空荡的回声。

少年耐心地等待回应。但过了两分钟，还是不见任何反应。他正要再喊一次，昏暗的走廊对面传来一串脚步声，不知是谁跑了过来。

从黑暗中跑出来的是一位没装“脑髓”的中年男子，穿着灰色制服。

“呃，刚才喊话的人是你吧？”

“对，是我。”

“如果是来参观的，不好意思，今天参观不了。人手不够。说起来，人手不够都是裁员害的。总之现在缺人，

‘脑髓’也暂停制造了。所以没法参观。不好意思让你大老远跑来，但今天还是得麻烦你回去了。”

“不是的。我今天是来请你们帮我植入‘脑髓’的。”

“植入‘脑髓’？去你家附近的理发店啊，现在大部分理发师都有脑髓师资格证了……”

“不是那样。家附近的理发店解决不了我的问题。”少年拿出脑髓师开好的介绍信，“我的脑袋形状不合标准，只能在这里植入。”

“欸，是吗？有说过这种情况要在这儿做吗？你稍微等一下啊。”中年男子从兜里掏出手机，“喂？来了一个男孩子，要我们给他植入‘脑髓’……嗯。我说了让他去家附近的理发店。结果他说，他脑袋的形状不合标准，脑髓师让他到这里来……你不知道？那找个明白人来……啊，喂？您是？……啊，失礼了……嗯。他说是不合标准……是吗？这样的情况就要在我们这儿植入吗？那要请谁过来呢？……欸？我吗？但不是需要资格证吗？我是工厂的工人，所以可以破例啊。只要在有资格证的人的指导下就可以……是说电话指导也行……那现在要怎么办呢？去资料室找来说明就行了是吧。三十年前的那一版吗？我知道了。”男子做了笔记，挂断电话后对少年说：“呃，我现在得去找说明书了，你能帮我吗?”

资料室在地下一层，里面堆着几百只遍布灰尘的纸箱，几乎没有下脚的地方。两人在缝隙里小心翼翼地慢慢往前走，以免碰倒两旁的箱子，最后对照笔记的内容，终于找到了对应的纸箱。纸箱里有一本泛黄的说明书。

“《形状不合规头骨的人工脑髓植入说明》，就是这个。说是照里面的步骤做就可以了。好嘞，去隔壁的处理室装就是了!”男子抱起纸箱，朝隔壁房间走去。

少年慌忙跟在他身后。

处理室比资料室亮堂一些，房间正中突兀地放着一把带束缚道具的椅子。椅子上和地上都有好几块大片的褐色污渍。

“不用担心，这些估计是上一次植入时出的血。肯定是伤到大血管了。万一发生这种事，救护车二三十分钟后就能赶到。所以不用担心。”

“束缚道具是做什么用的?”

男子哗啦啦地翻着说明书的前几页。“‘首先将被植入者固定在椅子上’，说明书上是这样写的。好像是不合规格的大脑被植入‘脑髓’时，运动神经可能承受过度刺激，会导致脑髓师压不住被植入者的手脚，所以要绑起来。好了，坐吧。”

男子的样子让少年觉得有些靠不住，但他还是照对方说的做了。

男子失败了好几次，总算用带子将少年的身体固定在椅子上。他从墙边的架子上取出卡尺，测量少年的头，用说明书上的图表和数据表算出几个数字。再次拿出卡尺，在少年的头上做了几处标记。然后用特制的尺子、圆规、量角器在少年的头皮上作图。

说明书里的内容似乎很难，男子在作图过程中不停地沉吟。

“如果中间没画错，应该就是这里。”男子在少年头顶右下方五厘米的位置打了个叉。“啊，等一下。”男子用指肚蹭掉标记，隔开几厘米重新画了一次，“说明书的印刷有些模糊了，看不清写的是‘三’还是‘八’，但应该是‘八’没错。”

男子总算从架子上取下“脑髓”。“脑髓”的前端脏了，他用兜里的手帕擦了擦。

“接下来就是补正环了。”男子说着，把架子上的零碎翻了个遍，好容易才找到两种油渍斑斑的补正环。“唔，‘A 环在内侧，如有必要再安 B 环……’好难懂哦。”他手忙脚乱地开始了作业，站在少年背后，把“脑髓”前端抵在做好的标记上，说服自己似的来了一句，

“估计肯定是这样。”

少年感到“脑髓”冰凉的前端刺激着头皮。

“那我开始了。”男子抬起“脑髓”。

剧烈的恐惧袭击了少年。他一拧身子就要逃跑，可身体被带子绑着……

扑哧。

伴着一个让人魂飞魄散的声音，少年从椅子上弹起来，倒在地上。带子老化，碎成了好几段。

“脑髓”嗡的一声，开始空转。男子被惯性带得直接栽在椅子上，两腿抬高，头朝下倒立着，继而向前翻倒，摔在少年身上。

少年费了好大力气才爬出来，只见“脑髓”前端刺进了男子的心窝，没有出太多血，但男子陷入休克，浑身颤抖。

“哇!!”少年惊慌失措，几乎踹破了房门，飞奔出去。

“等等，帮我打电话……”男子伸出沾满鲜血的手向少年求助，但少年早已听不见他的呻吟了。

少年心急如焚，狼狈地在蜿蜒的走廊上跑来跑去，无论如何也要离开这里，却彻底迷失了方向。他一路不知多少次上下台阶，甚至不知道自己跑到了地下的第几层。

后来，少年渐渐恢复平静，能够分析自己目前的状况了。

脑髓工厂到底是干什么的？我原以为它是个自动化的工厂，生产出一只又一只“脑髓”。但这里除了刚才那位大叔，根本见不到人，也不像有制造机在工作的样子。

走廊昏暗，只有几个地方亮着灯。虽然算不上彻头彻尾的废墟，却也不像常有人来的地方。

少年试着推了几扇门，大部分都上了锁。偶尔能推开一扇，里面也只有装满书籍的纸箱。

少年感觉到一阵近似于噪声的低音，以为是某种机器在运作，便循着声音的方向走去。

声音是从地下更深的地方传来的，少年下了好几层楼梯，终于来到发出声音的房间。

那个房间没有上锁。

房间无比宽敞，整齐地摆放着无数个柜子，每个柜子上都装有显示屏。显像屏的画质很差，有一半都像调错了位似的，画面不停地上下跳动。

少年走到其中一个画面跟前。

画面中的内容好像一部连续剧，以某个人为视角呈现了一家人吃饭的场景。少年打开柜子，上面有仪表盘，他试着调大了音量。

虽然有了声音，但也没有什么戏剧性的情景，只能听到碗盘碰撞的咔嚓声。

他把目光移向旁边的显示屏，屏幕中也是以某个人为视角的日常生活。好像是某个公司的办公室，一个人在仔细地教另一个人做文件。

看上去跟刚才吃饭场景里的人没有任何关系。

其他显示屏也一样，持续播放着某一视角下的生活记录，简直就像在那个人的眼睛里装了一个针孔摄像头，在耳朵里装了一个隐藏的麦克风。

这时，少年恍然大悟。

这不是用摄像头或麦克风收录的画面和声音，而是用活生生的眼睛和耳朵收集的记录。多半是通过“脑髓”做到的。

脑髓工厂出于某些原因，持续记录着人们的生活。这样想来，频繁更新“脑髓”一事也就讲得通了。更新时提取储存在“脑髓”中的信息，通过网络传到这里。

不过，做这些到底是为了什么？

少年试着摆弄仪表盘。

影像似乎可以快进或快退，自由浏览。

大概提取了多近的信息资料呢？

少年输入了一个月前的日期。

画面跳动了一瞬，随后播出了那个人一个月前的生活。

输入一星期前，也播了出来。一天前的也有。还有今天的……

少年惊呆了。即使输入当天的日期，依然可以显示影像。也就是说，“脑髓”随时都在收集数据。这么说就要用到无线功能了，但少年没听说过“脑髓”能够连接无线网络。

必须确认一下……

少年检索了父母的姓名。

从同名同姓的人之中找到了父母的资料。

他输入了自己脑海中最早的记忆——不小心碰了父亲“脑髓”那天的日子。

然后调出两个窗口，比对父亲和母亲的记录。

父亲的记录里有小时候的少年伸手够向他脑袋的画面。母亲的记录是隔开一些距离看到的情景。

两份记录完全同步，没有误差。

不久，年幼的少年碰到了父亲的“脑髓”，画面瞬间大乱，声音也变成了噪声。画面断断续续地闪现，最后完全黑掉了。

母亲的记录伴着她的惨叫，出现她将年幼的少年从父亲身上拽下来的画面。

少年把日期定在今天早上，看到了父母早上送自己出门的情景。

少年犹豫了一会儿，输入少女的名字检索。虽然有些内疚，但他告诉自己，这样做是为了弄清这个系统的目的。

首先输入现在的时间，确认“脑髓”在即时收集信息。

画面中是好朋友的脸部特写。

少年的胸口像被剜开一样疼。

不，这样正好。把好朋友的影像也调出来，就能对照着检查了。

少年调出好朋友的文件，查看此时的影像。

咦?

少年愣住了。和他的预期相反，好朋友的影像中没有少女。他好像在家和家人一起吃饭，能看到他的妹妹和母亲。

这是什么情况?这个时间的少女正和好朋友见面，好朋友却和家人在家。

少年检查了一下文件，发现自己弄错了少女的资料日期。

什么嘛，原来是这样啊。是自己搞错了月份。这是三个月后的……三个月后！

少年反复检查，确定自己没有看错。映出好朋友汗津津的脸的画面是三个月后的影像。

这是怎么回事？这个系统可以偷偷看到未来吗？

少年开始逐一检索熟人的资料，每一份资料都记录着过去和未来。

难道说已经开发出了记录未来的技术？不，不可能。

少年得到了一个令人毛骨悚然的结论。

恰恰相反，这不是“脑髓”上传的记录，而是“脑髓”即将下载的程序。人们都是按照这一程序行动的。这个安定的社会是靠着彻底剥夺人们的自由意志成立的！

所有人的人生都在这里制造，通过“脑髓”输送给相应的人。人们就像机器人一般，照搬已经被写好的人生。

原来父亲的话、好朋友和少女的话都是这个工厂编造出来的。想到自己的人生竟被这些东西玩弄，泪水不禁涌上少年的眼眶。

绝不能放任这恐怖的阴谋进行下去，但我到底要怎么做？

人们知道这一切吗？如果毫无证据，是无法让大家相信这些的。可是，从这里拿走证据比登天还难。而且大家都被这座工厂控制着。可能无论我说什么都没有用。

既然如此，就把这里毁了吧。虽然不确定一个人能做到什么程度，但既然是精密的机器，一点小小的破坏兴许也能带来很大的损伤。当然，这座工厂估计很快就会重建，肯定也不止这一座。即使如此，也要一个个毁掉它们、不停地毁掉它们。如果能慢慢地向制造这种系统的家伙复仇，说不定总有一天会带动很大的变革。

有了，成立一个组织吧。把这一事实告诉“天然脑髓”的同伴。虽然人数不多，但“天然脑髓”们还是广泛存在于社会的各个领域。大家齐心协力搞破坏，肯定会构成不小的威胁。

然而，这样做就意味着少年自己要成为恐怖分子。这样真的好吗？

不，随心所欲地操控别人思想的人才是真正意义上的恐怖分子。我只是试图让社会回归原本的模样，正义在我这一方。

总之先删除这里的资料，让程序停止运行。这样一来，被下载的资料就不见了，人们一定可以取回自由意志。

少年输入了删除的指令。

删除未被执行。

冷静。资料受到保护也很自然。不能从数码方面入手，应该考虑从物理方面破坏。

少年环视四周，很快发现了一束电源线。

他本想把线扯断，但根本无从下手。

少年举起椅子，朝最靠近电源的装置砸下去。

“啪嚓”一声，所有显示屏全部熄灭。

成功了！

然而，下一个瞬间，显示屏又重新亮起。

看来有故障保险。既然如此，就再来一次。

少年准备用椅子砸其他的装置。

有人抓住了少年的手。

少年尖叫着，把椅子扔了出去。

“别做无用功，”抓住少年的老太婆开口，“无论你怎么做都是一样的。我开发的系统像铜墙铁壁般稳定。不过若是这样能让你解气，你也可以继续。嘻嘻嘻嘻。”

老太婆的手指像树枝一样又冷又硬，关节隆起，指甲像小刀般锋利。

少年一屁股跌在地上，蹭着地后退：“你是谁？”

“我是程序员。”

“我是调试员。”老太婆身后又出现了一个老太婆。

“这套系统是你们做的？”

“是啊。是我们做的。”调试员说。

“不，是我一个人做的。”程序员说。

两个老太婆瞪着对方。

“到底是谁做的之后你们再慢慢商量。”少年说，“总之，立刻让这套系统停下来。”

“让这套系统停下来？”程序员说，“为什么要这样？”

“就是啊。”调试员也说，“好容易才能掌控人类的感情。”

“就算是掌控了感情，那也不是他们本人的意志，这样做有什么意义呢？”

“大家都是凭自己的意志安装的呀——虽然小孩子是由他们的监护人做的决定。这有什么问题吗？”程序员说。

“我指的不是这些。令人难以忍受的是你们的做法，把人当成机器人，照着你们写的剧本行动。这种做法不可饶恕。”

“你为什么会觉得不可饶恕？”调试员问。

“因为你们剥夺了自由意志。自由意志是人类的尊严，绝不能被剥夺！”

两个老太婆面面相觑，然后指着少年爆笑不止。

“嘻嘻嘻嘻，你听到了吗？他说自由意志！”程序员笑出了眼泪也停不下来。

“有什么好笑的？”少年恼羞成怒。

“我们可没有剥夺什么自由意志，你为什么会想到那里去啊？”

“你们实际上不就是在随心所欲地操控人们的精神世界吗？”

“咳，也许确实有在操控吧。不过我们的工作大多以记录和计算为主，用‘脑髓’得来的情报解析每个人的大脑特征。你刚才也看到大家的记录了吧？”

“那不单单是记录，怎么可能会有关于未来的记录呢？”

“没错。未来的部分——严谨地说，连同现在和上一次更新以来的过去的部分——不是记录。”程序员说。

“我们以‘脑髓’得来的信息为基础构筑每个人大脑的电子模型，使用它计算必需的补正量用以矫正，使人们拥有正确的情感。”调试员说，“未来的部分也就是这种模拟实验的结果。”

“那也是一个意思。如果所有人都照着模拟实验的结果行动，绝对就是你们剥夺了大家的自由意志。”

“刚才就说了，我们没有剥夺什么自由意志。”程序员说。

“是啊。我们可剥夺不了什么自由意志。”调试员说。

“为什么要说这种明摆着的谎话？证据不就在这里吗！”少年急了。

“我们没有剥夺自由意志。因为我们无法剥夺原本就不存在的东西。”程序员说。

“对对，实在是冤枉好人啊。”调试员说。

“这怎么可能？人人都有自由意志，这是常识。”

“根本就没有这东西啊。我们拼尽全力地在大脑里找过，可是，压根儿没有这东西。”程序员说。

“对对。大脑从感觉器官接收各种各样的信息，然后向外界发送各种各样的信息。不光说话、写字是发送信息，所有的行动都是。也就是说，大脑做的是信息的输入和输出。大脑不过是按照一定流程，将输入信息转换为输出信息的信息转换机。”调试员说。

“这不可能！这样的话，大脑不就是——”少年感到一阵眩晕，“不就是给予一定刺激，就会做出一定反应的精巧机器吗？”

“是呀，大脑就是了不起的机器。”程序员说。

“是呀，你很懂嘛。”调试员说。

“不可能。至少没安装‘脑髓’的人，一定是有自由意志的。”少年否认老太婆们的话。

“有什么证据可以证明自由意志的存在吗？”程序员说。

“当然有。我自己就是证据，我知道我有自由意志。”

“嘻嘻嘻嘻。”调试员笑了，“那你要怎么证明呢？”

“没有证明的必要。我自己的事，我自己最清楚。你们肯定也能感觉到，自己是有自由意志的。”

“我不会相信未经证明的东西哦。”程序员说。

“我可不打算相信自己有什么自由意志。”调试员说。

“那就请你们拿出证据来看看，来证明这个世界上不存在自由意志。至少我知道，这里就有一个人有自由意志。所以，让我接受自己没有自由意志，是难上加难。”

“你刚才用系统对照过个人的记录文件了吧？”程序员问。

“对。但那些都是被‘脑髓’剥夺了自由意志的人。”

“你搜索自己的名字试试。”少年立刻感到了调试员话中的调侃意味。

不会吧？少年压下心慌，还是搜了自己的名字。

几份资料出现了。他立刻根据出生年月日等附属信息找到了自己的那一份。

“为什么会有我的资料？我明明没装‘脑髓’。”

“不要小瞧我搭建的系统哦。”调试员说。

程序员瞪了调试员一眼。“这个系统主要从‘脑髓’植入者的大脑提取信息，分析大脑特征，但也不是非要从本人的大脑获取信息不可。”

调试员将程序员推到一旁。“即使不从本人的大脑获取信息，也可以从其周围人的大脑间接获取此人平日的言行举止，分析其大脑的特质，就可以预测他的行为了。”

“只不过精准度会降低许多，这也是没办法的事。”程序员说。

“所以还是直接植入‘脑髓’最好。”调试员说。

少年一时间无法领会两个老太婆的话，打开了文件。

起初的部分是少年出生时的画面，想必是从母亲和医生的“脑髓”中提取信息重构的。

少年把进度条向后拉。

他看到了自己触摸父亲“脑髓”时的记录。刚才已经看过一次了。

上学前和好朋友玩耍的自己。这部分数据是从其他植入“脑髓”的孩子那里得来的吗？

上小学时的自己和好朋友。上中学后，好朋友看到的少年的影像一下子清晰起来。

和好朋友不欢而散后，自己在学校的样子又变得不太清晰了。也许是因为关注他的同学不多吧。

接着是高中——少女出现了。少年跳过了其中的一大截记录。

“为什么要跳过这段呢？”程序员问。

“拜托你替人家想想嘛。这是青春的伤痛啦。嘻嘻嘻嘻嘻。”调试员回答。

少年来到脑髓工厂的画面出现了，画面相当模糊。

“这是怎么回事？有人在监视我吗？”

“谁会干那种麻烦事啊？”程序员说。

“这是模拟实验的结果啦。系统根据你的朋友、那个女孩还有你父母的资料推算出了你大脑的模型。然后得出了你会想主动植入‘脑髓’的结论嘛。”调试员说。

“而且，我们早就知道你大脑的形状不标准了。”程序员说。

“我们也知道那个脑髓师发现之后，会推荐你来脑髓工厂。因为那个脑髓师的大脑模型我们也构建好了。”调试员说。

“我们将这些信息输入你的大脑模型，就知道你今天会在这个时间过来。”程序员说。

“我们也知道你来的时候，那个愚蠢的男人在工厂里。”调试员说。

“我们把信息输入愚蠢的男人的大脑模型，就知道他把事情搞砸了，吓坏了你。”程序员说。

“再把这些情报反馈给你的大脑模型，就知道你会迷路，走进这个房间。”调试员说。

“然后也知道，你会对这房间里的资料产生误解，想要破坏它。”程序员说。

“一切都在预料之中。这就证明你的大脑像机器一样，按照既定的方式准确运转着。”调试员说。

“所以你们一直盯着我，预测我的行动吗？”少年面露不悦。

“也没有特意盯着你啦。刚才说的那些都是系统自动执行的。”程序员说。

“是呀。不管有没有植入‘脑髓’，系统都能构建所有人的大脑模型，预测大家的行动。”调试员说。

“哦，直接植入‘脑髓’的人预测的精度会高一些，但总的来说没有大的失误。”程序员说。

“知道这次你会闯入这里之后，系统就发出了警告。我们觉得挺有意思的，就过来欣赏一下。”调试员说。

“怎么可能，简直是一派胡言！你们无非是要糊弄我，才事先准备了这些影像。一定是这样的！”

“你为什么这样认为呢？”程序员说。

“因为……”少年勉强找到了反驳的话，“因为人不是机器。想预测人的行为，压根儿就不可能。”

“你说人不是机器？你凭什么敢这样说？”调试员说。

“我不是说了很多次了吗？！”少年几乎是尖叫着说，“因为人有自由意志，这是谁也无法剥夺的人类的尊严！！”

“嘻嘻嘻嘻嘻嘻嘻。”程序员笑得眼泪直流。

“嘻嘻嘻嘻嘻嘻嘻。”调试员笑得眼泪直流。

“到底有什么好笑的？！！”少年的声音尖厉。

“因为你还坚持说有啊。”程序员说。

“因为你硬要说不存在的东西存在啊。”调试员说。

“自由意志就是存在！！”少年拍着自己的胸脯，“它就在这里！！谁也无法否认！！就像我的身体在这里一样，我的自由意志也在这里，我的感受一清二楚！！”

“那是错觉，并不真切。”程序员说。

“大脑的构造就是这样，会让你产生那种感受。”调试员说。

“既然你们那么肯定没有自由意志，就证明给我看看啊！！让我相信我没有自由意志啊！！”

“这还不简单，刚才你不是用那个女孩的资料看过了吗？”程序员说。

“是啊，再用自己的资料看一次就行了。”调试员说。

少年看着自己的资料显示出的画面。

此时此刻，画面中的少年正要进入脑髓工厂。

他把时间往后拉了一些。

中年男子出现了。他要把少年赶走，但听说少年是来植入“脑髓”的，就拨通了某个号码。

他把时间往后拉了一些。

男子拿出一本破旧的说明书，开始改造“脑髓”。男子在被帮助的少年头顶摇晃“脑髓”。千钧一发之际，少年挣开带子，跑了出去。男子从椅子上跌下去，倒在地上。

少年在脑髓工厂里跑着，迷了路。

少年听到低沉的噪声，循声接近某个房间。

少年来到一块屏幕面前，触摸仪表盘。

不认识的人的资料、父母的资料、少女的资料、好朋友的资料……

当然，画面中没有呈现少年的心情。但少年无法忘记刚刚经历过的情绪。画面中的他一定正因为系统剥夺人类自由意志的行径无比愤怒。

少年试图删除文件，但删不掉。

他抓起椅子，朝电源砸下去。

系统中断，但立刻复原。

少年重复破坏的行为。

两个老太婆出现。

一来一回的奇妙问答。

画面中的时间逐渐接近现在。

“自由意志就是存在！！”画面中的少年拍着自己的胸脯，“它就在这里！！谁也无法否认！！就像我的身体在这里一样，我的自由意志也在这里，我的感受一清二楚！！”

“那是错觉，并不真切。”画面中的程序员说。

“大脑的构造就是这样，会让你产生那种感受。”画面中的调试员说。

“既然你们那么肯定没有自由意志，就证明给我看看啊！！让我相信我没有自由意志啊！！”

“这还不简单，刚才你不是用那个女孩的资料看过了吗？”画面中的程序员说。

“是啊，再用自己的资料看一次就行了。”画面中的调试员说。

画面中的少年开始快进自己的文件。

进度条马上就要追上现在的时间了。

到时候会发生什么？我会怎么样？

“没关系吗？马上就要追上了哟。”程序员说。

“没关系吗？马上就要追上了哟。”画面中的程序员说。

“大概还有一秒吧？”调试员说。

“大概还有一秒吧？”画面中的调试员说。

少年已经无法控制自己了。

进度条继续向前。

画面外的时间和画面中的时间吻合了。

“好了，你打算怎么办呀？”画面外和画面中的程序员说。

“你们不就是想让我看到未来的自己吗？我就如你们的愿！”画面外和画面中的少年说。

“我警告你哦。”画面外和画面中的调试员说，“看到自己未来的人一定会后悔，然后变得不幸。你做好这个心理准备了吗？”

少年的手指微微颤抖。

画面中和画面外的两个自己目前完全同步。如果让画面中的时间快进会发生什么呢？画面中的自己先行动，画面外的自己跟着模仿吗？

不，不可能的。

要是那样的话，就不存在自由意志了。

“看与不看，都是你的自由。”画面外和画面中的程序员说。

“你可以什么都不看，现在就回家去。这样等在你面前的就是平稳的人生。”画面外和画面中的调试员说。

画面外和画面中的少年尖叫着，快进了画面。

“这孩子果然还是要看自己的未来。”程序员窃笑道。

“跟系统预测的一样啊。”调试员窃笑道。

已经不再是少年的他睁开双眼。

毫无新意的一天又开始了。

他深深地叹了一口气。

大概是被他的叹息吵到了，睡在身旁的妻子咕哝了几声，翻了个身。

女人和那位少女毫无共同之处。但是，他娶了这个女人为妻。

他早在和妻子相遇很久前就看到了妻子的长相，也知道两人相知相恋的所有经过。因此，他不曾尝到恋爱的怦然心动，也没有感到不安或其他情愫。只是像完成任务似的，淡然地走上既定的人生道路，谈恋爱，然后结婚。

自己真的爱这个女人吗？

他自问自答，却也得不出答案。

不基于自由意志的恋爱，究竟能叫恋爱吗？可如果那不是恋爱，这个世上就不存在恋爱了。

再过三年，他将和妻子离婚。原因是他不顾家。

他又深深叹了口气。

妻子不知是有意还是无意地咂了咂舌头。

未来已经开始了，妻子刚才的咂舌包含了一切。

他尽量不吵醒妻子，轻轻下床，然后打开电视开关。

看着日历，心想：对哦，今天是那个日子。

电视刚一打开，画面中就有一个政治家在解释新的法案。

这个不久就将执行的法案被称为“脑髓法”，所有国民都有植入“脑髓”的义务，只有脑髓师例外。

他明年也要植入“脑髓”了。尽管事到如今，就算植入“脑髓”，他的生活也不会有任何变化。

他闭上眼，开始“预习”即将到来的一天。

今天，领导会交给他一个新项目。这个项目前半年会顺利推进，但随后迅速失衡，给公司带来无法挽回的损失。作为项目的中心人物之一，他到时会引咎辞职。之后就职的公司事务繁忙，逐渐导致他离婚。

不过现在想这些为时尚早，今天只要听上司的项目说明就好了。

阳光之下，本无新事。

也没有惊奇可言。

那天以来，味同嚼蜡的生活延续着，并且还将延续下去。

为什么我要干那种蠢事呢?

他每天都为自己的行为后悔不已。

但是，他在脑髓工厂看到自己的未来，本来就是注定了的。

他没有选择不看未来的自由。

他人生中的一切都和那天屏幕中映出的预测一样，并无一处不同。

他甚至不被允许反抗未来。所有的选项都封闭了，他只得沿着那条既定的、唯一的路前行。

他永远失去了自由。

当他还是少年的时候，自由确实存在过，但一切都已化为幻象，消失殆尽。

不，打一开始就不存在什么自由。只是他错觉自己有自由意志。

这是多么幸福的错觉啊！

他不住地祈愿，想回到错觉自己有自由意志的时光。然而他明白，那样的日子已然一去不返。

毫无新意的人生，毫无惊奇的人生。再也不会尝到兴奋的人生。

唯一的乐趣，只剩下扳着手指等待那一天的来临。

他已经清清楚楚地知道那一天何时会来。那便是他唯一的救赎。

没错。他梦寐以求着一切走向终结的温柔时刻。

幻影王国

1

这是根据我的自身经历写下的备忘录。内容也许非常混乱、难以理解，恳请诸位原谅。我的记忆已经逐渐淡薄，若不尽快将其整理成文字，后面只怕什么也留不下了。即使是在我写这段说明文字的时候，事情的详细经过也在我脑海中逐渐变得模糊。我根本没有时间好好整理它。

那一天，我一时兴起，开始整理录像带。我原本就做事认真，家里有好几百盘各式各样的录像带——买来的、借来转录的、录电视节目的、用自己的相机拍的。除去特意买的，我有给其他的录像带贴标签的习惯，随意取个名字写上去，如今有不少带子已经搞不清里面录的到底是什么了。那天我决定一盘接一盘地播放这些带子，加上能准确描述其内容的标题。可做了才发现，这项作业相当麻烦，再加上我本来就笨手笨脚，进度没有想象中那么快。最麻烦的是，一盘录像带中往往录了好几种不同的内容。所以确认一盘就要花好几分钟。我从早上整理到晚上，只整理完六十来盘，渐渐没了干劲，只是出于惯性，不情不愿地整理着。

这时，我遇到了那盘录像带。带子表面似乎留有反复贴过好几次标签的印记，最后贴上去的好像是一张便笺纸，用铅笔潦草地写了一行像是住址的文字，字迹已经模糊不清。从带子的干净程度来看，这盘录像带明显已经用过许多次了。这种旧带子画质不好，一般来说我只在外出时用它们转录不打算长期保存的电视节目。现在整理的录像带全都是今后要留下来的，这盘多半是不小心混进来的。我这样想着，打算直接把它放到一边。

不，等一下。说不定之前是在原本没想保存的电视节目里意外录到了好东西，改了主意才把它放到要保存的录像带之中的。这么说来，这种情况也确实是有的。

我试着播放那盘录像带。

一个不起眼的中年男子坐在一间无趣的房间里。从这粗糙的画质一眼就能看出，这不是电视节目的转录。男人坐的好像是一把躺椅。画面中的其他东西是墙壁、地板和一张小圆桌。墙壁和地板都是鼠灰色的，颜色过于均匀，以至于看不清二者的界限，也可能是画质太差的缘故。躺椅也是鼠灰色的，中年男人那脏兮兮的上衣和裤子也是一样的鼠灰色的，就连男人的皮肤、头发都是鼠灰色。起初我以为是录像时调色出了问题，导致颜色全都褪成了黑白，但从绿色和红色条纹的桌腿来看，那个男人大概真是鼠灰色的。

我对这个房间有印象。这平平无奇的房间是我的办公室——心理咨询室。既然如此，这个男人肯定是我的客户。这到底是什么时候拍的呢?

我在画面角落寻找日期，不巧的是录像时似乎没有选择添加日期，我没找到时间标记。

必要时，我会征得客户同意后录音或录像。因为少数案例中，客户的语气、表情、动作隐含着重要意义。另外，在录像有可能成为法律证据时，我也可能留下咨询记录，虽然这些记录并未在审判中派上过用场。还有时客户会自己提出录像申请。无论是哪种情况，我的心理咨询记录应该全保存在办公室——名为一之谷心理研究所的地方才对，而且不可能用这么旧的带子来录。难道是办公用的录像带正好用完了，所以临时拿了手边的带子来用吗?幸好我没不慎拿它来录电视节目，抹掉原先的记录。还是说，这只是我转录的内容，原版还在研究所保存着?但如果这一盘就是原版就有问题了。有关客户的信息我全交给一个负责行政事务的女孩保管，明天有时间的话问问她吧。

“你刚刚说到自己经历的不可思议的事……就请从这

里讲起吧。”

电视音响里传出我的声音。

果然是心理咨询的记录。我本人在摄像机后面，没有被拍进来。我盯着那个男人的脸，在记忆中搜索。摄像分辨率不高，画面不够清晰，但还是能看出男人鼠灰色的头发有一种黏糊糊的不洁感，不是所谓的“浪漫灰”。男人穿的不是西装，而是类似夹克的衣服，看上去很邋遢，拉锁也没有拉。夹克下面穿的好像是一件衬衫，又脏又皱，看上去也是鼠灰色。裤子像是西裤，又像是工装裤，看不清楚，至少可以肯定是鼠灰色的，没系皮带。他好像穿了一双皮鞋，但上面沾着污泥，也是鼠灰色。男人的长相平平无奇，也许是画质的原因，给人一种呆板的感觉，脸上看不出一丝生机。由于眉骨突出，在光线作用下，眼睛遮在暗影里，无从分辨他的表情。我久久地看着男人的脸，却什么也想不起来。也就是说，这不是最近的咨询，是很久以前的。如果是最近几个月的，既然录了像，我肯定会有印象。

“呃，好的。”男人的声音沙哑而缺乏起伏，“请问，已经开始录影了吗？……是吗？录上了吧？不，也不是非要怎样不可，但您看，好不容易有机会和您聊一聊，您也不能把我说的东西全都记下来，所以我才想用影像来记录。”

听上去他似乎不太信任我，不过在这种情况下，还是先老实地听从对方的要求比较好。我没有理由拒绝拍摄。若是拒绝，这类客户也许会转身就走。

“其实就算录了像，也是不够的。不，老实说，就算您允许我录像，对我来说也不过就是个心理安慰。但我不能不拍。因为凡事总会有万一。”

是神经症导致的强迫行为吗？如果我这里解决不了，就得给他介绍合适的医院。我当时是怎么处理的呢？还是想不起来。

“那就开始吧。”我的声音响起。

男人低下头，窃笑起来：

“啊，不好意思。一想到您允许我录下来，我就很高兴。说不定您有一天心血来潮，会重新看待我呢……啊，要讲我的事对吧？唔，该从哪里讲起最好呢？就先从公司开始说吧。”

看样子要进入正题了。

“我啊，是做业务的。如果业绩不好，公司肯定会给我施加压力，但业绩好的时候也不是滋味，我总会担心这个状态能持续多久。不过，我也几乎没有业绩好的时候。

“我慢慢有了很多想法：初次拜访客户的时候，往往会被对方讨厌。自己说不定像蟑螂一样，只会给对方的工作造成妨碍。不如干脆默默地回去，这样对对方，以至于对社会都是好的。然后呢，胃里面就像针扎似的疼，我可能会在对方的公司附近转悠好几个小时，有时候还要去咖啡厅坐一会儿，模拟一下实际场景才能让自己安静下来。但我想到的都是吃了闭门羹或被对方怒骂一顿的情景。然后就会觉得，这个客户也不一定非要今天开拓不可，等到下星期身体状态好些了，说不定我就能顺利地把产品卖出去。一旦想到这里，生意就做不成了。我就会直接去打小钢珠，或者到公园发呆，度过一整天。

“那么熟悉的客户是不是就没问题呢？我又会担心对方突然取消跟我们的合作，每次走到对方公司的大门口，都心慌得几乎喘不上气。满脑子萦绕着对方责问我的场景：你家的产品把我折腾得好惨，你家的产品有哪些缺点，等等。哦，当然，实际上这样的场景并没真正发生过。如果真的发生了那样的事，我可真就受不了了。光是想想我都要晕倒了。”

“原来如此，那么你公司的氛围怎么样呢？”我的声音问道，“比如你的业绩不佳，你的领导对此怎么看？”

“领导也会说些嘲讽我的话啦……但相比之下，公司更多的是以不断调动我负责区域的方式给我施加压力。相当于把我调到原本成交额就不高，今后也不太可能有什么希望的地方，或者离公司较远的、不方便的地方。最近还把我调到地方城市去了，那个地区以前的成交额就很糟糕，同行业的其他公司也在那里做不成生意。我去谈业务时还不提供差旅费。”

这可真是坐冷板凳啊。虽然很可怜，但我不得不这样认为。

“领导更直接的做法，就是在我旁边大声表扬比我成绩好的人。

“怎么说呢，那些成绩好的人，总是对什么都不在意。面对初次见面的客人，也可以单刀直入地谈生意。他们似乎根本没想过自己可能被拒绝，实际上好像也很少遭到拒绝。就算偶尔失败，他们好像也不在乎。似乎马上就会把失败抛在脑后，一星期之后可能还会去吃了闭门羹的地方再次尝试。就算客户有抱怨，下一次也会若无其事地再去推销。当然，他们之中也有我这样性格消极的人，不过他们还是付出了一定的努力，成绩总算说得过去。虽然痛苦，但也只能咬着牙去做吧。即使压力越积越多，为了生活也没有办法。”

不错。这不是已经找到大体的解决办法了吗？实际上，来做心理咨询的许多客户心里都已经有了答案，不过是希望心理咨询师推他们一把而已。

“你也可以试着努力一下呀。”

“没法努力。”

“这是为什么呢?”

“因为我讨厌压力。”

“但是你知道吗，就算逃开了眼前的压力，之后还会有更大的压力袭来。现在公司就已经给你施加了更大的压力。”

“尽管如此，我也只能逃避。因为我这个人就是没法努力。”男人喃喃道。

看来继续从这个角度追问下去也没什么用，只会把这个男人逼进死胡同。他已经分析了自身状况和周遭的环境，这反倒成了问题。分析到这一步问题也解决不了，我应该怎么处理呢?我肯定会选择改变话题。

“对了，可以问一下你家人的情况吗?”我的声音响起。

“可以啊，我无所谓。除了我，家里还有两个人：妻子和女儿。女儿今年刚上高中。因为我们很晚才怀上小孩，本来结婚就晚了。十八年前，我和妻子在亲戚推荐下相亲结婚。妻子比我大，但我觉得如果拒绝了这门亲事，今后想结婚恐怕也就难了。”

“那你在家里是怎样的呢？你的家人又对你如何？”

“我不太清楚。”

“你们不是每天都会见面吗？平时都会聊些什么呢？”

“虽说如此……”男人支支吾吾的。

“那你最近一次和妻子说话，讲的是什么话题？”

“发牢骚。”

“发牢骚？！”“发牢骚？！”

画面内外同时响起我的声音。

“对，发牢骚。”

“那是关于什么的牢骚呢？”我的声音里隐含着不安。

“她说我很碍事。”

“具体来说，是怎么个碍事法？”

“说我妨碍到她扫地了。还跟我说，虽然是星期天，但也可以去工作。”

“那你怎么回答？”

“嗯，我告诉她，休息日加班公司是不承认的。”

“那你妻子怎么说？”

“她轻哼了一声。”

“然后呢？”

“然后又继续打扫卫生，还使劲用吸尘器一下下地挤我。”

“呃。那在这之前你和妻子的对话呢？你们都会聊些什么？”

“聊衣服的事。”

“衣服怎么了呢？”

“‘你可真是邋遢。不过你无论穿什么，都显得很邋遢。’她抱怨了这些。”

他的穿着的确邋遢。可俗话说得好，人靠衣装马靠鞍。就算是这个男人，只要选对了衣服，一定也会精神一些。我有些同情他了。

“还有别的吗？”我提问的声音继续传来。

“有说过让我尽可能在外面吃晚饭。”

“这又是为什么呢？”

“因为女儿回家的时间不规律。”

“可以请你解释一下吗？你女儿的回家时间不规律，为什么你就要在外面吃饭？”

“因为我回家的时间比较规律。既不加班，也不会去喝酒，回家的时间自然每天都差不多。女儿回家的时间则是一天一个样。因为我一到家就立刻想吃饭，对妻子来说，每天就要做我和女儿的两次晚饭。如果我在外面吃，她只做一次就行了。”

“原来如此。那你女儿不会在外面吃饭吗？”

我听到自己确认的声音。

“不，女儿好像经常在外面吃完了才回家。因为她回家后，妻子会问她要不要吃晚饭，她经常说自己已经吃过了，不用做了。”

“遇到这种情况，做一次晚饭就行了吧？你不就没必要在外面吃了？”

“我也不太清楚，不过妻子好像不想给我做饭。与其每天给我做晚饭，她似乎更期待和女儿一起吃晚餐，就算一星期一次也好。”

男人淡淡地回答。

“你为什么会这么想？”

对啊，他为什么这样想？

“因为妻子亲口说了。”

那就没错了。我叹了口气。

“你妻子为什么会有这种想法呢？”

“我不知道。我连自己的想法都搞不懂，更别提了解别人在想什么了。只不过，妻子和女儿说话时往往声音和缓，表情温和，和我说话则总是皱着眉头，话中带刺。我给家里打电话的时候，妻子接电话时明明很开朗，一听出是我，声音立刻变得暗沉。那变化的速度快到不可思议，真遗憾没机会让您听一听。她有时还会看着我，毫不避讳地咂嘴。虽然没办法断言，但妻子肯定很讨厌我。我没有刻意确认过，不过妻子在和我相亲之前，好像也相过好几次亲，那些相亲对象如今要么成了公司老板，要么当上了大学老师。我不知道自己听来的消息有几分是真的，也不知道他们相亲时是哪一方拒绝了亲事，但妻子一定觉得自己签运很差，说不定看到我就不高兴。”

好痛苦啊，本人分析得过于透彻，自己把退路全堵死了。先不说他的推测是否正确，但至少合情合理，这就很棘手了。

“是吗？对了，刚才你说你女儿回家的时间不太规律。”我转换了话题，“你说她是高中生，那她回家的时间为什么不规律呢？”

“我问过妻子一次，当时她说女儿在社团活动或打工。但女儿有时晚上十点过后才回来，我猜原因大概不止这些。”

“你没有直接问过你女儿吗？”

“没有。”男人的回答毫不犹豫，“就算问了她也不会告诉我。她无视我。”

“无视？这是怎么回事？是你们聊到这个话题，她就突然沉默了吗？”

“不，我们根本就不说话。这十年来，我和女儿一句话也没说过。”

看来问题不光出在这个男人身上。可能的话，最好把他们一家人都叫来做心理咨询。

“你女儿彻底无视你吗？”

“对。”

“那你女儿平时和妈妈交流吗？”

“交流。”

“你有没有试过加入她们的谈话？可以先和你妻子说话，慢慢地间接和你女儿对话。”

“我早就试过了。但妻子并不配合，一开始还敷衍了事地应和我几句，但很快就继续和女儿聊下去了。即便如此，我还是不死心地试过两三次，结果被妻子大骂：‘你好烦啊！’后来我就没再尝试了。最近家里只有妻子和女儿聊天。”

也就是说，公司和家里的环境对他来说都是封闭的。恐怕他女儿经常和母亲接触，在母亲的影响下渐渐看不起父亲或厌恶父亲了吧。

“那你觉得，家庭和公司哪一边的情况更严重呢？或者说，你认为更应该尽快解决哪一边的问题？”

“我不太明白您的意思。”男人愣了一下。

“你在公司和家里都很难受吧。”我听到自己确认的声音。

“嗯。以前是挺难受的。”

男人露出明晃晃的笑容。

这是怎么回事？为什么要用过去式？

“不过，现在这些都已经不重要了。我已经不在乎了。”男人脸上仍旧挂着瘆人的微笑。

“欸?！是吗？那你为什么要来这里呢？”我的声音显得有些疑惑。

所以说，之前那些都不是这个男人主要的烦恼吗？也就是说从现在开始才要切入正题？但不可思议的是，我还是对这起咨询没有印象。明明这个男人属于我相当感兴趣的那类客户。

“因为发生了一件很棒的事啊。”男人窃笑道，“就像前面说的那样，无论是职场还是家庭，我都被逼到走投无路了。我甚至没想过要来做心理咨询。怎么说呢，人在钻牛角尖的时候，全世界都好像云雾缭绕的。当时我也被这种感觉困扰，好像整个世界都离我远去了。”

“人格解体”这个词在我脑海中掠过。

“然而，忘了从什么时候开始，压力好像减轻了许多。”男人继续道，“无论在家还是公司，或者去跑业务，都不像以前那样痛苦了。最开始我也不知道是怎么回事，只是享受那种轻松愉快的感觉。但有一天，我突然发现，我和所有人都不说话了，包括家人和公司的同事。”

这是一种逃避，但或许也可以看作一种恢复的过程。

“或许您有所怀疑，但我真的跟任何人都不再说话了。早上我用闹钟叫自己起床，妻子和女儿都还在睡。我刷完牙，穿上衣服要出门的时候，两个人倒是起来了，但我们必然是一声招呼也不会打的。到了公司，我也没必要和谁说话，只是默默地打卡，然后要么在自己的工位上发呆，要么去跑业务。说是跑业务，其实就是到某个公园晒晒太阳，或去咖啡厅看看杂志。然后可能回一趟公司，也可能直接回家，跟早上一样不和人说话。我会在工作预定卡上写下自己的计划，交到领导桌子上。交的时候，领导头也不抬，渐渐地也不会对我的计划挑三拣四了。不知道为什么，他连嘲讽的话也不跟我说了。我听妻子的话，在外面吃完饭再回去，点菜的时候也是用手指指菜单。回家后，我就随意洗洗睡了。如果妻子或女儿看的电视节目有我感兴趣的，我就跟着看一会儿，从来没主动换过台。”

听上去，他的状况毫无疑问是比以前更糟了。这男人有什么好高兴的呢？

“你觉得现在这种状况更轻松吗？”我的声音响起。

“当然了。您知道给我压力的是什么吗？”

“是工作吗？”

“不是。工作本身不会让我痛苦，因为工作是没有实体的东西。”

有实体的东西，也就是家庭、公司。

“这么说来，让你有压力的是人际关系了？”

“没错！领导、同事、客户、妻子、女儿……让我痛苦的是人。和人的接触刺痛我敏感的神经，让我苦不堪言。但只要不再和他们交流，关系也就不存在了。既然没有了关系，他们也就都不存在了。”

“等一下。怎么会不存在了呢？存在的事物就是存在。就算再怎么顺着你的心意，也不能擅自把存在的东西当作不存在哦。”

“这不是能或不能的问题。只要没有了关系，就等同于不存在。您现在存在，是因为我们之间发生了关系。”

唯我主义吗？不少人在青春期会产生这种想法。认为除了自己以外，其他人全是幻觉或机器人。这种假定往往也不会产生什么矛盾，他们最终会认为自己是宇宙之中唯一的存在。然而，大部分情况下这种想法都不会维持太久。大部分人只要观察别人的一举一动，便会自然地察觉所有人类都是有意识的。也有一部分人认为即便自己以外的所有人都没有自我意识，但反正一直都是这么过来的，也就不用特别放在心上。不知不觉间，他们甚至会忘记自己曾有过这种想法。可是这个男人似乎是临到中年的末尾，才刚开始信奉唯我主义。

“听我说，要不要试着这样想一想？”我用了劝诫的语气，“你刚才说，只有和自己有关的事物才是存在的。但其实我也可以这样说——你之所以存在，不过是因为现在和我扯上了关系。你觉得呢？”

“啊哈哈，啊哈哈。”男人笑了，“正是这样，正是这样。您说得太对了。我就是因为和您扯上了关系才存在的。”

“这不就矛盾了吗？”

“不矛盾呀，不矛盾……存在就是一种相互的关系。当妻子和我之间产生关系的时候，我和妻子就存在。当我和妻子、女儿之间产生关系的时候，我、妻子、女儿就存在。当我和妻子、女儿之间产生关系，又和同事、领导之间产生关系的时候，妻子和女儿、同事和领导就通过我相互产生关系。因此，我、妻子、女儿、同事、领导就都存在了。”

“那么你认为，他们现在和你没有了关系，也就不存在了吗？”

“啊哈哈，啊哈哈。正是这样。您终于明白了？当然，他们不是彻底不存在了。我还能看见他们，所以他们还勉强存在着。”

“你仔细想想看。今天是我和你初次见面。可是，我昨天也是存在的。这你要怎么解释呢？”

“昨天您也存在，我也存在。可是您和我不存在。今天您和我第一次存在。”

“所以说，这不就矛盾了吗……哦，这样啊。”影像中我的语气仿佛意识到了什么，“我一直存在于我的宇宙中，你一直存在于你的宇宙中。两者不存在关系的状态下，我的宇宙中没有你，你的宇宙中也没有我。但是当两者之间发生关系的时候，我们的宇宙合而为一，就成了相互存在的。是这么一回事吗？”

“直到刚刚为止，您的宇宙中还没有我的家人。可通过和我交谈，她们和您有了微弱的关系。所以她们现在微弱地存在着。”

原来如此。可这一理论有一个致命的缺陷。

“我确实通过和你的交谈，认识了你的妻子和女儿。但是啊，她们两个肯定不认识我。这就说明，我不存在于她们两个的宇宙。即便如此，她们却存在于我的宇宙。这是怎么回事呢？这不矛盾吗？”

“在观测开始的瞬间，观测的一方和被观测的一方就开始相互作用、合为一体。观测的一方和被观测的一方没有区别。”男人继续说着，看上去丝毫没有动摇，“可以观测的东西就是存在的，不能观测的东西就不存在。您通过我的记忆，观测到了我的妻子和女儿。”

他的想法很神奇，但我又说不出到底哪里不对劲。为什么会这样？难道说，我已经被这个男人影响了吗？

“妻子和女儿现在几乎想不起我了，公司的人也一样。我的存在感越来越弱，现在连工位都没了。说不定和我有关的文件——业务计划书、出勤管理表等东西还留在公司，但它们迟早也会混到别的东西里，消失不见。没错，我马上就要和所有人断绝关系了。这样一来，我就不存在于这个世界了，反过来说，这个世界对我来说也就不存在了。啊，这是何等的愉悦、何等的幸福！”

男人一脸陶醉。

“听我说，你仔细想一想。”我的语气坚定，“没有你的世界或许是存在的。可是呢，没有世界的你究竟是什么呢？这根本无法想象嘛。”

“啊哈哈，啊哈哈。”男人笑了，“这个世界确实就要消失了。不过，另一个世界即将出现。”

“另一个世界？”

“没错，幻影的世界。”

“幻影？那是什么呢？”我的声音听来有些无措。

“您小时候肯定也经常有所感应。小孩比大人离幻影的世界更近。一个人在家的时候，或者半夜突然醒来的时候，您是否曾觉得家里有陌生人的气息？幻影会巧妙地藏在阴影或暗处哦。”

我不由得笑了出来。还以为他要说什么呢，不就是幻影寄宿者综合征嘛。真是的。

“你听好，”我的声音响起，“人心是不可思议的东西。神经疲惫的时候，有可能会误以为有陌生人偷偷地住在自己家里。生活中，有时候会有东西突然不见，或者屋里发出奇怪的声音对吧？但仔细想想，一切都能找到原因。而你即使觉得奇怪，也不会问家人，不去找真正的原因……”

“您和它们的关系还仅限于感受到它们的气息，”男人说，“我一开始也这么想。空无一人的房间里听到有人走路的声音，不过是建筑材料在温度、湿度的变化下发出的声响，或者和其他地方的声音产生了共鸣。刚才还在这里的东西不见了，几天后出现在一个莫名其妙的地方，我也会以为是自己记错了，或者是妻子、女儿在我不知情的时候动过它们。但后来，我洗头发的时候水会突然变凉，没人的卫生间里突然开始流水，墙上出现手印，又在不知不觉间消失。我越来越难找到解释这一切的理由。自从我不再和妻子说话开始，它们似乎在我家越来越多了。”

“这不可能吧？你说的幻影什么的，应该是看不见的吧？你也不知道它们的数目？”

“不，我能看到它们。您看，这里也有。”男人手指的地方没有收在镜头里，镜头外的我看不到，“看到了吗？跳着可爱的舞呢。”

我的声音一时间没有回应。

“不，不是的。那是灯罩的影子啦。把灯罩拿下来就没了。而且它根本没动啊。”画面中好容易才传来我的声音，带着几分犹疑。

“您不用太害怕嘛。我最开始也很害怕。半夜一个人读书的时候，它们肯定会在我的肩膀后面偷看；睡觉的时候，它们会从我的肚子旁边踩过去。每次都是凌晨两点左右。被子上清清楚楚地留下影子脚底的湿气，所以我知道这不是梦。我尽力不去介意这些，但是，影子们越发明白地向我提示它们的存在。半夜我去厕所，路过昏暗的走廊时，它们会在走廊尽头现身，哪怕只有短短的一瞬。待我吃惊地定睛细看，它们已经消失了。有时我听到屋里有人窃窃私语，猛地打开门时，它们早就作鸟兽散，只有壁橱的拉门拉开了两厘米。可能是从那里跑掉了吧。我感到不可思议。想想也很奇怪吧？影子们开始故意做一些吸引我的事了。之前的默默无闻倒像是哪里出了问题。从那时起，我开始主动地追寻影子的去向。这样一来，恐惧感一下子就不见了。我越是厌恶人类，就越是对影子有强烈的亲近感。于是，我终于和影子有了接触。现在我们已经是片刻也离不开对方的关系了。您看，它们现在也在我身后。”

男人竖起大拇指，指了指背后，但画质粗糙，我看不清男人指的位置。

“一次，我发现，一切都是相反的。以前我拼命要和人相处，为此苦不堪言。但实际上，切断了与人的关系，我才得以从苦痛中逃脱。我和影子的相处也是如此，以前我害怕影子，总想逃避，拒绝承认它们的存在。现在的您也是这样。可一旦我决定接受它们，恐惧就消失得无影无踪。影子们既不是敌人，也不是多么不寻常的东西。它们是我的朋友。没错。是我走错了世界。”

画面中男人的身影开始扭曲。

“我该回去啦。一星期前，我已经能将房间角落里的黑暗看得一清二楚了。在普通人眼中，房间角落的黑暗是很狭窄的，但其实那里有一个宽广的、真正的世界。许多影子在里面蠢动着。在无数庞大到无与伦比的、林立的建筑中，不断有液体溢出又被吸收，但仔细观察便会发现，原来那不是液体，而是无数影子的集合。每一个影子都在自由地行动，同时又遵循着整体的秩序。它们的姿态打动了我，让我无论如何都想成为影子们的朋友。我现在每天都想象自己已经成为它们之中的一员，想到这些就开心得不得了。啊哈哈，啊哈哈。”男人的笑声干涩，“我已经和几个影子搭上话了，只要我愿意，随时都可以转去它们的世界。怎么样，要不要我现在就试试看？我就会从您的眼前消失哦。”

我咽了一口唾沫。这男人不同寻常。我只能认为他对自己说的内容深信不疑。不然，他绝不会有如此可怕的气场。

“好啊。”我听到自己略微颤抖的声音，“随时都可以，请便。”

“那我就开始了。”

我看着堆积如山的录像带，不寒而栗。

我连一半都没有整理完。为什么总是整理不完，半途而废呢？每一次整理过后，我都会这样想。书也是一样。我总是买来就塞进书架，不按类别和大小分开摆放，总是很难轻易找到想找的书。而且自从那次不大不小的地震弄翻了书箱后，那些书就零乱地摊在地上。我的记忆越来越混乱。到了这个地步，就算很想看一本之前买过的书，我也无意在书库中翻找，而是直接再买一本一样的。就这样，书库里的书越来越多，里面肯定也不乏贵重的书。可是，如今大量藏书散发出的气息有如杀气一般让我畏怯，走进书库竟然都要做一番心理建设。整理完录像带就该整理书了，接下来还得整理和客户有关的记录。一开始我把它们记在笔记本上，后来改为用计算机管理这些信息。之前那本笔记本去哪儿了呢？旧电脑的硬盘呢？还有……

“我回来了。怎么样？我已经成了真正的影子了吧？”

男人的声音响起，我吓了一跳，看着录像画面。

对了。我刚才在看录像带。居然不小心忘了这事。

“欸？”我听到自己惊慌失措的声音，“成了影子？

怎么会……不可能……刚刚……我想了些心事……然后没注意你……”

厌恶的感觉在我脊背上游走，如同冰做的蜘蛛在上面攀爬。我的手伸向后背，确认那只是自己的想象。

难道说，同样的事重复发生了两次吗？虽然不记得第一次是什么时候发生的，但录下这段影像的那天，我不小心忘记了就在自己眼前的男人。而现在重新播放这盘录像带的我，又不小心忘了自己正在看录像。这样的事，可以用偶然来解释吗？如果不能解释，又要如何是好？

回放录像带，就可以重看这几分钟内的录像内容。可我却无论如何也不愿这样做。似乎这样做了，就会有某种来路不明的力量被释放。

“啊哈哈，啊哈哈。刚才的我对您来说，完全就是影子哦。即使我盯着您的脸看，您都毫无感觉。”

“请不要说这些莫名其妙的话。”我的声音里带着怒意，“你来这里，到底想做什么？！”

“一开始我不就说了吗？我只是想要留下一份记录。现在我还没有成为彻底的影子，所以还有留恋——虽然要从这个世界消失，可还想留下一些痕迹的留恋。但是，又几乎没人愿意认真听我这样的人说话。所以我才选择了身为心理咨询师的您。不管怎么说，您做的是听人说话的生意——无论那些话多么荒唐。”

“你看，你自己不也承认了吗？你说的这些话很荒唐。”

“啊哈哈，啊哈哈。在无知的人眼里，一切真相都是荒唐。”

“你是想说，只有你一个人发现了这个秘密？为什么偏偏只有你一个人？而且为什么只有你被它们——被影子们选中？”

“知道这个秘密的可不止我一个人。现在您不就知道了吗？虽然您多半很快就会忘记。影子们告诉我，变成影子的人可多了去了。没错，大概十个人中就会有一个吧。反过来，不知不觉间从影子变成人的，好像也有不少哦。”

“你在说什么蠢话。如果真有那么多人凭空消失，那肯定会出现社会问题。”

“人成为影子，就意味着这个人切断了一切人际关系，连痕迹也会悉数消失。当然，也包括和那个人有关的记忆。您刚才不是也把我忘了吗？如果我刚才就那样离开，不再回来，您一辈子都不会想起我吧？”

“如果我失去了和你有关的记忆，这次心理咨询不就毫无意义了吗？你刚才也说了，你是为了留下痕迹才来的。”

“用录像带记录是为了留下痕迹。”男人坏笑着，“只要用录像带录下来，您就算不再记得，也有可能会在某一天再次发现这份影像资料。不过，顶多就是重新想起来一次，所以这无非是我的自我满足罢了。”

“对了。女儿，你有女儿。和你有关的记忆也许会随着你消失，但你女儿呢？难道说她会成为不存在的人的孩子吗？”

“断绝的人际关系会自然变形，在该结束的地方结束。我的女儿大概会变成某个不是我女儿的人吧。恐怕会变成不是我的某个人和我妻子生的孩子。”

“这让人没法相信。如果真有这样的事，那我们不就……不就……哇啊！！”我的叫声响起。

“不必担心。因为您在和我对话，所以离幻影的世界近了一些。所以您就能看到它们了。”

“不。这些……这些都是错觉。我中了你的暗示……”

“如果您能感受到它们的气息，说明您已经离幻影的世界很近了。如果您像我这样，半条腿已经踏进那个世界的大门，还能看得更清楚。不过，在幻影之国的居民眼中，您也不过是一团气息而已。”

“我跟你聊不下去了!! 你就是来取笑我的吧!! 请回吧!! 无论是幻影之国还是什么别的地方，想去哪里都是你的自由。”

“请您再耐心等等，只差一会儿，最后的准备就做好了。在那之前，请您再陪我一会儿。我们刚才聊到哪里了? 对了对了，我在这个世界虽然是一个不起眼的上班族，但在幻影之国，我好像能成为……”

“你说什么?!”我的声音充满痛苦，“我听不见!!”

“原来如此。看来那个词代表着这个世界不存在的概念，所以您才听不见。这个嘛，如果用这个世界最接近的词语来描述那个概念，大概就是‘国王’吧。”

“‘国王’?!”

影像开始剧烈地扭曲。

“啊，要开始了。”

男人的四周开始出现黑色的东西。

我停下录像带，实在受不了了。这之后发生了什么，我应该有记忆才对。可看了这么久的录像，我还是一点儿也想不起来。这个事实本身就很不正常，刺得我的神经伤痕累累。如果再继续看下去，我肯定会疯——这样的确信俘虏了我的大脑。

我立刻从录像机中抽出录像带，然后将标签上那一行有几处看不清的住址誊写到便笺上。我也无心再整理录像带，当天就直接睡了，但整晚都觉得卧室里有人走来走去，一刻也未能安眠。又或者，整件事都是我的噩梦吗?

我尽可能地把自己能回忆起来的内容写在备忘录上。由于尽量忠实地记录当时的感受，这篇文章包含了我的情绪，恐怕成了一篇不够客观的、私小说似的东西，但这种风格大概是最合适的。那盘录像带已经下落不明。我想着一定要好好保管它的，可还是在某一天忽然找不到它了。我试着找那个男人的来访记录，但研究所里没有留下相应的内容。没有哪位客户的住址和录像带标签上的信息一致。

得尽快写完这份备忘录才行。实际发生的事肯定比我记下来的要多，但记忆失去了就找不回来。我拼尽全力，只从脑海中打捞出这些断壁残垣，于是现在在单人房中书写着。

此时，我感到有无数影子将我包围。

2

之前写的备忘录不见了。备忘录的内容在我的记忆中已经模模糊糊，想不起来。好像是有关一盘录像带的事，标签上写着一串住址，录的是我给一位神奇的客户做心理咨询的过程。他说自己发现了幻影之国，要到那里去——好像是这样的内容。备忘录里写的到底是我做的梦，还是真正发生的事，我已经记不清了。总觉得稀里糊涂的，心里很不踏实。但既然备忘录已经丢了，我也没什么办法。不如写写它不见之后，我经历的事吧。

我下定决心，去便笺上的住址探访。虽然那串住址已不完整，但我查过那一片区域的大概情况，要么是公司大楼，要么是医院或学校，住宅楼只有很少的几栋。我以找人为幌子，一栋接一栋地找过去，都是些平凡无奇的住户。我抱着不知该说失望还是放心的奇妙情绪，终于来到最后一栋住房前面。那里已经没有人住，房子像是空了好多年。由于在住宅区里，还没有荒废到“荒屋”的地步，但站在门外也能看出大门门锁已经坏了，明显有不明人员侵入室内的痕迹。

我向附近的住户打听，得知这里已经成了不良少年们的老巢，危险系数很高。邻居们曾试图联系房东，希望他好好看管这栋房子，但怎么也找不到房东的下落。没办法，几位邻居只好自发给大门换了新锁，但似乎没什么用。大家又害怕过多干预反而会遭房东抗议，所以对这栋房子无可奈何。

“房东是怎样的人呢？该不会是个中年男子吧？”我破釜沉舟地问。

“不。”邻居家的主妇惊讶地回答，“房东开了一家小的房地产公司，不过他的员工我可是一个也没见过。听说在这片分开出售的居民区中，这栋房子好像一直都没卖掉，最后就被大房地产商转卖给小企业了。我家买的也是二手房，没想到隔壁是这个样子，可头疼啦。房子一直没人管，搞得像鬼屋似的，真是太糟心了。”

白天大摇大摆地侵入别人的住宅着实说不过去，我决定先回去，晚上再来一次。

由于没通电，房子里自然是一片漆黑。整栋房子共三层，地基较一般住宅高些，像一座昏暗的老城堡，怪吓人的。

翻过院墙很简单，来到房门前，为了不让人发现，我对着地面按下了手电开关。锁和门把手都坏了，大门上简单地钉了一层门板，防止外人把门拉开。我有些后悔没戴手套，但还是徒手剥下了门板。尽管会留下指纹，但这也不是什么重罪，多半不会惊动警察吧。

打开门，我用手电筒向房子里面照了照，看到一张蜘蛛网。邻居们说得没错，这栋房子目前似乎无人居住，也没有留下家具、生活用品等居住痕迹。只是屋里扔着无数空罐子、食品袋和被人穿过的衣物，证明这里曾被不少人非法闯入。说起来，我也算其中之一。

我毫不犹豫地穿着鞋进了走廊。就算脱了鞋，也只会把袜子弄脏，没人会夸我有礼貌。

一楼是厨房、浴室等用水的地方，以及还算宽敞的和室。榻榻米我也是穿着鞋踩上去的，没看出什么异常，屋子里只有一堆垃圾。我径自上了二楼，也许是因为空间局促，楼梯很陡。二楼有几间屋子，但里面和一楼一样，全是垃圾。我一面转悠，一面留神不让手电的光照到窗户上。要是被邻居发现报了警就糟了。三楼有一半是露台，另一半是一大间屋子，在窗边能将附近的街景一览无余。不过也就是普通的住宅区，没什么新鲜的。我有些失望，但对一间空屋抱有过高的期待，或许本身就不太正常。我转身面朝楼梯的方向，准备下楼。

有人在那边——都怪我进来的时候没有关门。由于打着手电，光影的对比度很强，我反而看不清楚。

“是谁？”我喊道。

在掌握对方的基本情况之前，最好还是不要主动报上姓名。如果对方只是偶然闯进来的，说不定会以为我是这栋房子的管理人员，直接逃跑。但直接说自己是管理员也不太好。万一对方是管理员，只会让人徒增不必要的怀疑。如果对方是管理员，我大概只能老老实实地道歉，说自己只是出于好奇进来的，请求对方的原谅。

我默默地等着确认对方的身份。然而，对方一动不动。我凝视着对方在黑暗中模糊的身影。大概是一个中年男子，而且已经接近老年。他的表情模糊不清，但我感觉他一动不动地盯着我，衣服也看不清楚，似乎整体是鼠灰色的。男人身体僵直，保持着招手的姿势。

我见过他——我恍然大悟。就是录像带里的男人，他果然住在这里。应该是出于某种原因潜进房子里的吧。所谓的幻影之国，果然是他妄想、捏造出来的。

我边笑边朝门边的阴影走去。

用手电筒一照，阴影里一个人也没有。

这是怎么回事？他根本就没有逃跑的余地和机会呀。

我打着手电，仔仔细细地把房门照了个遍。门上看不出任何类似机关的东西。

有人在门的背面偷看。还是刚才那个男人。还是一动不动，用轻蔑的目光盯着我。

我又转到门后，一个人也没有。一股寒意直逼而来，令我毛骨悚然。这栋房子里有鬼。

我不管光会不会打在窗户上了，用手电照遍了屋里的每一个角落。什么也没有。

真的吗?

房间里到处都是垃圾，被手电的光照出重重阴影。每一个影子都在监视我，屏气凝神地窥视着我。我后退，手电的光线变了角度，垃圾的影子也全都变了形状，乱哄哄地改变了位置。

我咬牙走到最近的垃圾旁边，手电的光驱走了影子。与此同时，那东西又飞到其他的影子里去了，我身边什么也没留下。

我被包围得严严实实，但眼下急不得。它们不一定会加害于人，而且应该也不能进入光线之中。或者说，这个世界的东西要靠着光才能看到，所以我也许只是看不到它们而已。这两种情况都一样。只要看不到，它们就不存在。咦?为什么我会想到这些?总之只要亮着手电，想离开这里可谓是轻而易举。

这时，手电的光摇晃了一下。影子们跳来跳去。我抖着手，想检查一下手电筒。手一滑，手电筒朝地上栽下去，就像慢镜头一般，缓缓下落。光线转动着，影子的形状也不停地变化。它们在房子里群魔乱舞。最后手电“砰咚”一声，掉在地上。

光消失了。

它们被释放了。无数小小的影子同时引爆了沉默，转瞬间填满了整间屋子。影子们激烈地相互碰撞着，不知在叫嚷什么。翅膀似的东西从我的后背飞掠而过。野兽般腥臭的气息喷到我脸上，我朝窗户跑去，几乎要喘不过气了。有什么东西抓住了我的脚，软塌塌、黏糊糊的。窗户附近有户外稀薄的光亮，那里影子的数量不多。我总算打开了窗子，跳上了露台，对映在窗玻璃上的影子恐惧不已。

我已经记不清自己是怎么跑到楼下的了。回过神来，我正在夜晚的住宅区里使出浑身解数地奔跑。电线杆、垃圾箱、自行车、转角——它们从那栋房子里接二连三地冒出来，在阴影里望着我。我无法让自己不这样想。不管怎么说，我看到了。手电筒熄灭的瞬间，那个男人被簇拥在一群影子中间，宣布着什么的身姿。

幻影之国的国王。不知道为什么，这句话浮上我的脑海。

3

我好像做了一个糟糕至极的梦，一个可怕无比，令人胆战心惊的梦。可我怎么也想不起梦的内容。

我在梦中想起了什么，又忘记了。被令人不安的东西追赶的感觉还留在身上，可有关梦的具体内容，我却什么也想不起来。

那好像是一件非常重要的事。对。我曾经反复告诉自己，不能忘记。

只有这一点绝不能忘，必须小心它们，绝不能掉以轻心，不能靠近它们，不要再对它们产生好奇。

可我却想不起这些话的具体意思。为了记住梦的内容，我还做了笔记。笔记却找不到了。难道说，连做笔记这件事都是梦不成?

那个梦里，一定有某些极为重要的意义。只要想起来，说不定我就能自己分析了……

到底是什么梦来着?我好想知道啊。

4

今天一大早就神清气爽。天空晴朗，万里无云。正好是休息日，不如出门转转吧。没整理完的录像带留到以后再说就好。

我莫名地兴奋。看来今天会有好事发生。

声音

我捡到一部手机，那是一切的开始。不，准确地说，一切在那时应该已经开始了。

那部手机在车站的长椅上放着，很小，看上去是最新的款式，只是很脏。我伸手摸了摸，手指上沾了一些黏糊糊的黑红色污渍。

我并没打算把这部手机怎么样，只是有些好奇，便把它拿了起来。

手机铃声响了。

我犹豫了一会儿，按下通话键。可能是失主打来的。如果是这样，问到地址物归原主就好。

“喂？”我怯生生地说。

“喂。”手机另一端的声音仿佛有些熟悉，“下面我说的话，你要仔细听好。”

“等等，”我不知所措，“你是谁？”

“你想知道的话，我就告诉你。”那个声音充满威压，“我就是你。”

我叹了口气。看样子，这是有人在搞恶作剧。

“不，这不是开玩笑，也不是恶作剧哦。”对方继续说道。

简直就像看穿了我的心似的。虽说多半是巧合吧……

“不，这不是巧合！”那个声音有些愤怒了，“我知道你在想什么。”

心灵感应？

“也不是什么心灵感应。我不是说了我是你吗？自己知道自己的想法，也没什么好稀奇的吧。”

“越来越乱了。”我按住额角，“如果你是我，那我又是谁呢？”

“你在说什么奇怪的话啊？毫无疑问，你就是你啊。”

“那就是说，有两个我存在喽？”

“谁知道到底有几个呢。不过，我有重要的事和你说。你手上有股票吧？”

“嗯。”大概一年前，我确实在别人的推荐下买入了股票。拜此所赐，我的银行存款几乎都见了底，但那是一只有潜力的公司的股票，买了总不会有损失。

“今天之内把那只股票全都出掉。”

“为什么？这一星期股价一直在跌，现在卖掉会亏的。”

“那只股票明天就会成为废纸。”

“哼，开玩笑也要掂量着来吧！”我挂断了电话。

第二天，那家公司倒闭了。

我失去了全部财产，大受打击，连续好几天什么事也做不了。一星期后才忽然意识到，那部手机还在我的口袋里。

想来当时如果照那个声音说的去做，现在也不至于这样。

我下意识地按下了重拨键。

几声呼叫音过后，我听到了一个怯生生的女声："喂？"

那一瞬，我恍然大悟。现在接电话的是一个星期前的自己。虽然不知道究竟发生了什么，但这部手机大概就像时光机一样。我可以和不同时间点的自己对话。

"喂。"我有些兴奋地说道，"下面我说的话，你要仔细听好。"

"等等，"女声响起，"你是谁？"

"你想知道的话，我就告诉你。"我焦躁不安地回答，"我就是你。"

为什么这么简单的道理都不懂？如果再不卖掉股票，你就要破产啦！

我说中了过去的自己的心事，试图博取她的信任，但她仿佛觉得有人在寻她开心。

“哼，开玩笑也要掂量着来吧!”她说完便挂断了电话。

这就是最糟糕的结果。奇迹发生，让我有了两次免于破产的机会，可我竟然两次错失良机。

这时，手机又响了。不会是过去的我想通了打来的吧？我慌忙接起电话。

“现在你明白了吧？”电话那头的我的声音和刚才完全不同，非常冷静。看样子又是未来的我打来的：“幸运降临在我们身上啦。”

“那份幸运刚刚溜走了。”我垂下肩膀。

“你说什么？机会还有的是呢。赛马呀，还有彩票也行……”

接下来，我每天都遵循未来的自己的指示行动。未来的我知道赌市、彩票、股票、期货等一切投资的结果，我照着她说的做，转瞬间就筑起了万贯家财。

“小姑娘，我可以和你聊一聊吗？”一个年轻男人在派对上和我搭话。

“不，不行哦。”我结巴着回答，“现在我很忙。”

那时，我正在和未来的自己对话。

“把金子卖了，买铱。”未来的我恨恨地说，“我买错了，所有财产都打水漂了。”

“哎呀呀。上次你还说过，因为美术品交易失败破产……”

“欸？这事我不知道啊。那个我来自更遥远的未来吧。幸亏当时我照着她说的做，才没破产。”

“不过那时候……”

“你应该也没有因为交易美术品破产过吧？”

“嗯。”

“既然我是未来的你，只要你没破产，我也就不会破产。这是当然的嘛。”

“你不觉得，这样有些怪吗？”

“这有什么关系。我讨厌思考复杂的问题。你也是吧？”

的确如此。一切都很顺利，我没必要刻意把事情变复杂。我记下了未来的我下的指令。

一个星期后，我看到电视新闻，整个人都呆住了。和期货无关，期货交易很顺利。让我震惊的是新闻播报了某位国家王子的婚约。据说他隐瞒身份来到日本，决定和一星期前在派对上认识的一位女子闪电结婚。

原来上个星期在派对上和我搭话的青年是王子。

我气得直跺脚。我错过了一生一世的机会。只要有才华，想赚钱不是难事。但跻身王室可是极为困难的。

不，我还有机会呢。

我掏出那部手机，按下重播键。

“怎么了？”我听到自己惊愕的声音，“你不是刚刚才为期货的事打了电话吗……”

“刚才打来电话的不是我。你先别管那么多，刚才是不是有一个年轻男人和你搭话了？”

“嗯，但他不是我喜欢的类型，我就没理他。”

“立刻找到他，缠着他，和他约会！他是王子。”

“欸？真的吗！！那买不买铱也就无所谓了吧？我现在就去找他！”过去的我挂断了电话。

我感觉很奇妙。而我发现，除去最开始那次，这是我第二次给过去的自己打电话。那次之后，每次都是未来的我打过来的。

不过，这种事已经不重要了。因为我就要成为王妃了嘛。

电视里，王子和一个陌生的姑娘幸福地站在一起。

下次就是我站在他身边了。

下次，是什么时候？

我已经对过去的自己下了指令。所以，现在电视里的人应该是我才对。那么，现在这个我又是谁?

原来是这样。事到如今，我终于明白了一切。给我打来电话的未来的我都失败了，而我抹去了她们的失败。所以她们本身也就不存在了。因为改变过去，就意味着否定现在的自己。

再不打电话给过去的自己取消刚刚的指令就来不及了，我慌忙伸手去拿手机。

可我的手已经变得模糊，和手机一起，渐渐在空气中消散。

在逐渐消失的意识里，我看到了电视中微笑的自……

C

市

C 市的天空永远是铅灰色的。

我在这里住了九个多月，没有一天是晴天或暴风雨，天空每天都是阴郁的铅灰色。偶尔也会下雨，但只是雾一样细小的水气稍稍沾湿地面。

潮湿的风中带着隐约的腐臭味，黏糊糊地裹在衣服上一般缠了人一身。或许是这风的缘故，稍有不慎，墙壁、天花板、家具、书，甚至人身上都会繁殖出颜色令人作呕的奇怪霉菌。

我住在分配的房间里，整日开着除湿机——去研究所上班不在家时也开着，但没什么用，整间屋子还总是淋了水一般湿漉漉的。

研究所为什么要建在这种地方？刚来上班时，我问过同事们。这个城市的人都这么奇怪，会不会和这里的气候多少有关？

大多数同事都无视了我的问题。其中还有人回以冷笑。

只有日本科学家骨折博士面露尴尬地回答了我：玛丽，不要认为日本的城市个个如此。这里是与众不同的。

研究所建成之前，这里只有一个小小的渔港。因为地形和洋流的关系，常有大量带着水蒸气的风吹过来。这里几乎种不了农作物，居民们只得去浪涛汹涌的海上打捞为数不多的海产。或许由于洋流在这里停滞，这一带海中的生物似乎矿物质不足，比其他地区的海产个头小，畸形的也多。也可能是它们对某种物质的摄入过量了。总之这里的居民因此面色糟糕，长相渐渐和日本人有了区别。另外，根据雷奥鲁诺博士的研究，居民的体形特征和饮食习惯无关，更像是世世代代近亲结婚的结果。哦，总是近亲结婚是有原因的，不是他们自己想这样做的。因为不知从什么时候开始，附近地区的居民们极度厌恶和这里的居民结亲。说来很丢脸，这一带好像直到几十年前都还留有地域歧视的恶习，十分愚蠢。实际上，我的祖父就出生在这附近，听说这一带甚至有专门的俗语用来嘲笑当地居民的样貌。真是太过分了。也因为这些原因，研究所这块地皮的价格低得惊人。

CAT 研究所建于一片四方延展数公里的宽敞空地上，有好几十栋建筑，规模宏大。说它是一个研究所，其实更像是一个城市。并且不知道为什么，它不像崭新的现代都市，更像一个已经灭亡的古代都市。至于 CAT 研究所为何建在日本，没有人知道具体的经过。只知道当时找不到合适的建设用地，最后日本政府没有办法，不得不向各国提议把研究所建在这片土地上。这里原本的地名好像有某种禁忌，很少有人提起，大家便渐渐彻底忘掉了那个名字。既然 CAT 研究所在这里，朋友们就自顾自地把这里叫作 C 市。C 市是一个极度缺乏管理的城市，说它杂乱无章也不为过。每个国家都随意设计建筑，导致建筑物的颜色和形状一点儿也不统一。别说楼层数了，就连每一层的高度也各自不同。而且日本政府发给各国的地图好像有误，导致很多楼在建筑过程中差点儿与其他楼撞了，不得不临时扭歪了形状；放弃最初的风格彻底建成另一种样子、彼此融合的建筑也随处可见。再加上这里以前是一片湿地，地基的脆弱程度似乎超出了人们的想象。研究所建到一半，地基早已七扭八歪，起了皱褶。但城市建造仍在有限的时间和预算中继续，绝大多数建筑建成时都歪成了奇异的角度。屋顶、柱子、墙壁、地板、天花板、窗户、门，全都各有各的角度。建筑还在湿气和霉菌的作用下变色，每次俯瞰这座城市，我都莫名其妙地反胃。

住在 C 市的是大批科学家和许多打杂的员工。

科学家们从世界各国聚集于此，其中也包括我。超过半数的人隶属于宾兹教授统领的主战派。声势第二大的是拉雷松博士主导的反战派——骨折博士也属于这一派。声势最弱的是我所属的怀疑派，这个派别甚至没有一个明确的领导人。

主战派的科学家们在主张讨伐C——他们认为，讲出“Cthulhu”[①]这个词都会招致严重的后果，所以一般用首字母称呼它——一事上达成了一致。当然，他们也并非坚如磐石。

宾兹教授本人认为，C是宇宙生命体的超进化形态，能瞬间适应任何环境。据说C飞来地球已经是前寒武纪时的事了，从那时起存活至今，一直是同一个体。在这段漫长的岁月中，地球环境经历了无数次巨变。另外，C来地球之前肯定是在其他行星上生存的，从那个行星来到地球，相当于经历过一段宇宙之旅。在地球上，它似乎在陆地和海底都能生存。也就是说，任何环境C都能耐受。没人知道C是否有智力，但它进化到可以适应一切环境这一点是毋庸置疑的。说不定它已经完成了终极的进化。对这样的生命来说，有没有智力属于琐碎的细节，讨论这个问题大概没有意义。

---

① Cthulhu：即克苏鲁，美国作家洛夫克拉夫特所创造的克苏鲁神话中的存在，是旧日支配者之一。

主战派内部有分支认为，C 不属于这个宇宙。在这些人看来，C 是异度空间智能生命的一个缩影。换言之，C 的最大特性就是无法理解，甚至无法合理地解释它为何存在。因为我们人类一向是在宇宙范围内理解一切事物的，如果 C 根本就不属于这个宇宙，我们当然也就无法理解它了。不必引入超进化等无法定义的概念，宇宙本身就是有限的，没有多余的空间让生命按其所需充分地进化。生命体如果要实现那样的进化，就只能存在于这个宇宙之外。假设有一种生物只在海上生息，并且被困在海水和空气的分界线处，既无法潜入海中，也无法跃入空中，那么对这个生物来说，它的活动范围就仅限于海平面，并且它将渐渐无法识别海平面以外的区域。如果人类闯入这种生物的生存领域，将会发生什么呢？该生物只能识别人类与大海相接触的部分，暴露于空气中的部分和潜入海中的部分对它来说都不存在。假设人类脚脖子往下的部分浸在水中，在其活动区域踩着水走来走去，对该生物而言，人类便是一种形状和大小不断变化的生物，数量不确定，而且世界在人类附近会发生种种翻天覆地的怪异现象。这种生物和人类的关系，就相当于人类和 C 的关系。我这样解释，各位能明白吗？

另一个分支把 C 看作位于时间无限大的终极观测

者的探测针，这一分支还是强人择原理的信奉者，能够运用简单的模拟实验证明许多可谓是宇宙遗传基因的物理常数——光速、普朗克常数、基本电荷、万有引力常数、空间维度等——只要和目前的数值稍有偏差，人类就无法生存。那么这个宇宙的物理常数为什么会像专门为我们人类准备好的一样呢？弱人择原理的信奉者会这样解释：这不过是一种偶然。大概就像中了彩票的人试图探究自己为何如此幸运一样，可中彩票一事不过是偶然。也许有人认为，中彩票的幸运无法用偶然解释，但这不过是事后诸葛亮罢了。如果压根儿没有中彩票，人们也就不会产生为何中彩票的疑问。如果这个宇宙的物理常数发生了偏差，提出问题的人类也就不复存在。存在人类的宇宙，其物理常数适合人类存在，这并不稀奇。然而，强人择原理的支持者有不同的想法。他们认为宇宙是在人类的观测之下，才得到真正正确的物理常数的。诞生于二十世纪的量子力学将观测理论这一种子学说般的命题送到科学家们面前。在没有任何人观测的状态下，一切现象都以不确定的波形存在，直到人类开始进行观测，波长才有了具体的形象。换句话说，没有人能确定盒子里的猫是活着还是死了，一切取决于打开盒盖的瞬间。人择原理的信奉者将这一解释的范围扩大到宇宙诞生之时的物理常数决定过程。也就是说，人类通过对宇宙的观测，从无限可能之中确定了容许人类生存的宇宙样态。知道C存在的人择主义者们进一步推动了这一想法。如果能通过现在人类的观测确定过去的宇宙，那么现在的宇宙是否也是在未来某种东西的观测下确定的呢？而未来的宇宙是否又是在更远的未来对某种东西的观测下确定的呢？这样一路追寻下去，就有了位于时间无限大的终极观测者的概念。终极观测者是最终的观测者，其本身不会被任何事物观测。宇宙的过去、现在、未来都在终极观测者的观测下，从无限的可能性中筛选、确定下来。人类会用光子、电子、声子来观测，终极观测者观测时一定也会使用某种探测针和这个宇宙相互作用。探测针从无限大的时间中来，其作用也被无限地增大。恐怕C就承担着探测针的作用，否则就无法解释它遍及所有时间和空间的特性。

还有更奇妙的解释，把C看作和人类进化相对应的暗在系的非生命反应。这种解释已经明显偏离了现代物理学的范畴，赞同者并不多，但毕竟也是一派势力。这个世界分为人类可观测的领域和不可观测的领域，不可观测的领域可以是时空地平线的另一端，也可以是普朗克长度以下的极微世界。总之，该领域是人类全然不可知的。可这并不代表不可知领域、暗在系和可知领域、明在系之间不会相互作用。持这种观点的科学家试图通过导入物理法则不适用的暗在系，来解决横亘于相对论和量子论之间的理论矛盾。例如他们认为，尽管超光速在相对论中被禁止，但在量子论之中，其存在却是不可或缺的。超光速只存在于暗在系之中。即使超光速存在，它只要无法被实际观测，也就不会和相对论抵触。人类的进化过程伴随着诸多不解之谜，其中最大的谜团是人类的进化早在五万年前就已经接近结束。在石器时代生存的人，有什么必要具备跟现代人同等的智力水平呢？而人类的进化又为何必须要在五万年前停止呢？暗在系的信奉者们在暗在系之中追寻其缘由，而暗在系中呼应人类进化的存在正是C。C本身是没有生命的，但因为和生命存在相互作用，所以它像有生命似的活动着。因为它存在于暗在系，人们必然无法用物理方法观测到它。但它可以影响和它相互作用的人类的大脑。这套理论可以完美地解释C的超越性和普遍性，即是说，人类的迅速进化和之后的停滞与C的死亡和复活密切相关。

各个派别互不相容，展开了激烈的争论。起初，异度空间派、无限大派和暗在系派认为和C对战是无谋之举。因为C根本不是普通的物理存在。但宾兹教授提议尽快研发攻击 C 的技术，并且苦口婆心地多次和其他派系商议，希望说服他们。

假如 C 真的是异度空间的生物，那又怎么样呢？对于住在三维空间的我们来说，C 不过是一个横切面，对三维空间没有更多意义。尽管它拥有高维度空间的肉体，然而它连接触我们都做不到。既然如此，异度空间的生命在三维空间的横截面就和居住于三维空间的其他生命没有区别。说不定我们也不过是高维度空间生命的一个截面，只是我们察觉不到而已。

无限大派的科学家犯了一个巨大的错误。终极观测者可以观测到我们，我们却不可能观测到它。这一点无须证明，是由终极观测者的定义决定的。如果我们能够观测到它，那它就不是终极观测者了，观测到它的我们就成了终极观测者。终极观测者的属性应该是 A。无限大派的人反驳道：A 确实应该是终极观测者。然而，这并不意味着 C 是终极观测者。我们认为 C 是 A 与我们相互作用的媒介。终极观测者就是这样观测所有的时间和空间的。也就是说，终极观测者和全时空领域相互作用。和 A 相互作用的全时空领域对 A 来说应该是 Y，我们也是 Y 的一部分。宾兹进一步逼问：可如果 A 是极限的、最终的观测者，即便有直接或间接的误差，全宇宙的森罗万象不就都是A的被观测物吗？既然如此，C也是A的被观测物，C不就成了Y的一部分吗？如果是这样，我们和C就是同等级的存在。也许A确实是不可侵犯的，但C不是。

如果C真的存在于暗在系之中，那我们是完全无法观测到它的。然而，如今这个世界充满了C复活的征兆。这一点要怎么解释呢？暗在系派反驳道：直接观测暗在系是不可能的，但我们可以通过痕迹来确认。比如我们无法直接观测波函数，但可以通过探究无数粒子的分布，类推出波函数的形状。同样的，我们无法观测到C本身，但可以统计多数人的梦境或幻想，间接类推出C的行为模式。宾兹穷追不舍：好吧。就算不可能观测到C本身，C也不会在这个世界现身，可即便如此，C的征兆已经现世了吧？如果这个征兆才是我们所说的宇宙生命体的超进化形态呢？

各派别的观点依次被宾兹击破，被吸收进主战派中。现在只剩下两个小派系还没有被主战派同化。

拉雷松博士领导的反战派放弃解释C的存在。他们认为讨论C的真面目如何本身就是无稽之谈。C是超越人类智慧的存在，无法用人类的语言解释，也无法用人类的智慧去理解。这就是C的本质。可是人类害怕不明真相的东西，并为了逃离这种恐惧，给恐惧的对象取名字、分类，试图加以解释。好像做了这些，就可以活捉恐惧。但这不过是人们的错觉。给恐惧的对象起名字，不代表就能支配对方。自欺欺人根本无济于事，我们要做的首先应该是承认自己的恐惧。承认 C 强大到人类的智慧无法捕捉，不可能与它对战，人类只能祈祷 C 不对人类产生兴趣，更别说主动挑起纷争了。我们能做的仅仅是屏住呼吸，把自己藏好，直到 C 离开这个世界。宾兹试图击破这个派系的论调：藏起来就能逃过对方的眼睛，这种想法太幼稚了吧？攻击才是最好的防御。然而，反战派的人轻笑着问：遇见猫就逃命的老鼠和主动向猫挑衅的老鼠，哪个能活得更长？反战派和主战派泾渭分明，绝不相互妥协。

还剩下数量最少的怀疑派，他们是最理性的一派。主战派和反战派的主张都没有根据，仅仅是假说。假说的验证需要分三个阶段进行。首先确认该假说本身不存在矛盾，这一步大概不用解释，否认自身的理论不在问题范围内。第二步是确认假说与实际的观测事实一致，无论理论结构多缜密，若是脱离了现实就会沦为单纯的思考游戏。第三步是确认该假说是否单纯，也就是假说要符合奥卡姆剃刀原理。人们很容易忘记这一点，执着地相信某一种假说的时候，如果发现它不符合观测事实，往往不愿放弃假说本身，而是尝试给它打补丁，试图隐瞒理论破绽。发现了新的矛盾，就再打一个补丁。经过这一系列的重复操作，一般来说可以解释观测事实，但假说本身会变得臃肿而复杂，成为特例。提出假说的人也许得到了满足，但复杂的理论会提高应用难度，而且每当发现新的事实都要再打一个补丁，根本无法实际应用。在诸多能解释观测事实的理论当中，我们应当选择最单纯的理论。单纯的理论容易理解，也易于应用。而且万一发现理论有错，立刻舍弃就好。主战派倡导的诸多理论也许确实可以说明世界各地发生的异象，可是，这套理论之中包含大量的假设和不够缜密的逻辑。怀疑派主张回归原点进行考量，也就是寻找一个能统一解释这些异象的简单理论。

世界各地同时诞生了提倡奇妙教义的新兴宗教。常理无法想象的自然现象——风速超过百米的大风、绵延内陆几公里的海啸、烧毁整个街市的落雷在短时间内集中发生。某个港口小镇的居民身体变成了奇怪的形状，随后美军便对那座小镇附近的海域发起核攻击，其缘由被列为最高机密，甚至至今都未向 CAT 报告。一个女人生下了看不见的怪物，人类被这怪物袭击。起初大家没把这些事件关联到一起，但异象持续数月、数年地发生，人们渐渐为不安和恐惧所苦，同时开始寻找解释现状的理由和解决问题的办法。科学家们是最后被恐慌情绪俘虏的，他们一直试图给这些奇异现象找到合理的解释。但架不住每天都有极为离谱的事件发生，他们不堪大众强硬的压力，想法也逐渐发生了变化。三年前，在联合国的主导下，世界各个领域的科学家终于联合开启了CAT计划。上千名科学家在日本海岸的研究所集聚，花钱如流水地讨论关于C的对策。各国筛选科学家的方式不同。有的国家采取完全志愿制，也有的国家由政府强制性选择——被选中的科学家称这种制度为“征兵”。还有国家通过推举或抽签的方式决定人选。幸运的是，在这群科学家中，尽管人数不多，还是有我们这样有良知的一派。

为了构筑单纯的理论，我们先重新分析了收集来的信息。和我们想象的一样，这些和C有关的信息几乎都不是第一手资料，大多数属于传闻。人们就连自己亲身经历过的事，都无法准确地记忆，更别说转述他人的经历了。存在误差是必然的。也就是说，这些信息不应该用于构建理论。我们付出了极大的耐心收集第一手资料，得出了一个结论：C是不存在的。一切都是人们歇斯底里的结果。

那么，你们要怎么解释发生在世上的这些异象？宾兹激烈地逼问。

没必要解释。因为这些异象都是应该发生的。尽管中彩票的概率很小，但每年还是会有一定数量的人中奖。

如果怪异现象只发生一次，这样解释还能让人接受。但这么多的现象接二连三地发生，必然无法用偶然来说明。

那些现象确实不能归结为偶然，它们有它们发生的缘由。恐怕最初的几起事件实际上是连续发生的。气候异常和怪异事件连发的情况很少，但也不至于少到要被称为奇迹。如果是几个世纪发生一次的频率，那就算发生也不奇怪。问题出在这些现象发生之后。许多人觉得这些异象不可能偶然地连续发生，但这不过是人们的直觉，并没有什么根据。但这份直觉逐渐演变成不安，扎根于人们心中。而人们将自己的内心投射到外部，又在外部环境中发现了新的异象。或者说，也有人为的异象发生，而且不是有意的，是下意识的。

那要怎么说明独立诞生于世界各地的新兴宗教全都相信同一种教义呢？还有无数的人同时做了噩梦，连细节都完全一致，这又要怎么解释？

你如何断定这些宗教都是独立存在的呢？现在网络这样发达，很难说哪个组织是在完全孤立的状态下形成的。如果两个组织有同一种思想，一般来说，要么是这种思想本身非常普遍，要么是一个组织向另一个组织传递了信息，双方的信息源头相同。当然，他们肯定不会对大家讲真话。对宗教团体来说，这样做是很正常的。做噩梦的问题，大体上也是一样。现在的媒体宣传使很多人每天接收相同的信息，梦境是由白天获取的信息形成的，既然如此，大家做相同的梦也就不足为奇。当然，大家做梦的细节不会因为这点儿原因就一致，细节一致的问题确实没法解释。对梦的记忆本来就是很模糊的，确认细节根本就不可能。恐怕真正的原因是，听别人讲梦的时候，不知不觉间把别人讲的内容带入了自己的梦境。

我们还有几样确凿的物证。比如 C 的神像，这神像是两亿四千万年前制作的。

你说那神像是两亿四千万年前的东西，这只是根据埋神像的地层年代得出的结论。因为调查石头本身形成的时间毫无意义——那边的地里也有好几亿年前形成的石头呢。可没有证据证明，神像确实一直埋在那个地层之中。另外，就算它真的埋在那里，也可能是有人在后世将它埋下的。

各个派别之间的争论无休无止。怀疑派的意见一贯比较妥当，但由于是少数派，这一派的信徒迟迟无法说服其他人认同自己的观点。

在C市工作的员工大部分都是土生土长的当地人，受到城市建设的冲击，C市的渔港无法存续，作为补救措施，政府给当地人在C市分配了工作。大家住在C市一角的宿舍，乍看上去像是公寓，但每间房间都没有那么宽敞。并且宿舍位于地基皱褶最严重的地方，连外墙都剥落了，从外面看上去就像马上要倒塌的建筑一样。其实这些人也可以选择接受足够的补偿金离开这片土地，但不知道为什么，大多数居民都选择以研究所员工的身份在这里工作。或许是因为长年来受到周遭居民们的歧视，所以对去其他土地生活存在过度的警惕吧。像骨折博士说的那样，这里的居民和这个国家的人明显样貌不同。不只是日本人发生变异这样简单，他们的模样很明显给人另一类人种的感觉。我绝不是种族歧视主义者，但靠近他们就会让我有一种不安。不是厌恶，而是他们身上的特异性给我强烈的感受。许多来自各国的人种、民族在C市汇集，然而，这些员工不同于他们之中的任何一类。雷奥鲁诺博士似乎认为，这是由反复近亲结婚导致的突然变异固定化引起的，但我觉得这些人也许是乘着大海从某个地方漂流到 C 市的。而且这并不是最近几十年、几世纪发生的，这些人说不定是几千年、几万年前漂流到日本的某一类人种的后裔。而他们原本所属的那一类人种，一定已经灭亡了。因为就连 C 市的科学家中，也没有人知道这里的居民属于哪类人种。

不，严谨地说，只有一个人似乎对此心中有数，那就是美国科学家、据说曾从事军事工作的史密斯教授。他来到 C 市，看到员工们的长相后突然嘟囔了一句：

这是怎么回事……这不是鳟鱼脸吗？

当时我没听清楚，所以问教授刚才说了什么，但教授噤口不言，那之后什么也没有说。

员工们并不激进，只是忠实地执行研究所交办的任务。任务有的简单有的复杂，总之他们面对一切工作一向都是默默地完成。工资和普通的公务员相比绝不算高，但我不曾听说他们之中有人有怨言。一次，我曾问过他们之中的一人：为何能接受如此低廉的薪水？你们难道不知道世上的人都挣多少钱吗？

我们当然知道外面的行情。那个员工有些不耐烦似的，慢吞吞地回答我。不过和在那片腐臭的海打捞奄奄一息的渔获苟延残喘相比，这里的生活简直就是天堂。

但如果去了大城市，比这里更好的工作要多少有多少啊。就算没法立刻找到，用补偿金肯定也能维持一段时间的生活嘛。

或许你说的没错。不过，我们不打算离开这片土地。之所以同意让你们建设C市，也是以我们能留在这里为条件来交换的。

你们为什么那么执着于这片土地呢？

为了遵守和库拉拉大人的契约。

契约？库拉拉是谁？你们什么时候定下的契约？

那位员工默不作声地露出一个轻笑，走开了。

午饭时，我试探着将那位员工说的话告诉骨折博士。我以为他既然是日本人，肯定知道什么有用的信息。可博士听后一副若有所思的样子，好像完全没把我的话放在心上。

你在想什么？

嗯？啊，抱歉。我就是有些担心。

担心？

担心宾兹教授他们的事。

我叹了口气。鹰派又在谋划些什么？

HCACS。

这是什么的简称？

学习型C自动追击系统。

这系统能自动追击Cthulhu吗？

周围吃饭的人一起看向我们。

你不能直呼其名，要用首字母称呼它。

你也相信念诵Cthulhu的名字就会引起灾难吗？

周围骚动起来。

拜托，不要再提那个名字了。如果做不到，我们的谈话就到此为止。骨折博士面色苍白地说。

好吧。我不会再说Cth……C的全名了……至少今天不会。所以你真的相信，提到它的名字就会引起灾难吗？

当然没有确实的证据。骨折博士迟疑地说。但既然有相关的报告，自然是不要提起来为好。

那我倒要问了，你认为灾难是如何发生的呢？

有几种假说。一种是其名字音节的排列会给听到的人的精神带来影响。人们已经知道，特定的声音会给大脑特定的刺激。也就是说，只要依次听到那几个音节，大脑就会进入特殊的状态。也有说法认为，念出那个名字，就等于给某种存在下了命令——某种离我们很近，但无法被我们感知的状态。还有一种有趣的说法称，声音是在空气中传播的纵波。因此，一个声音对应着一种波形。发出那个声音时，空气中会出现某个特定纵波的波形，那个波形本身会引发物理现象。

真好笑啊，假说还不是想要多少就有多少吗？

是有实际例子的。你听说过 Ga……的事吗？

嗯，就是在日本某些特定地区的孩子们之间流传的都市传说的登场人物吧？好像有个刚出道的作家把那个故事提炼出来，写了一本非虚构？

那本非虚构是以小说形式写的，所以几乎直接被改编成了电影。这个你知道吗？拍摄团队是老牌制作人、新锐导演和名演员。

那又怎么了？

电影的登场人物提到了 Y 和 C 的名字。有观众称，当时影院里出现了某些东西。

有人牺牲吗？

不，好像没有实际的危害。大部分观众似乎认为，那是电影公司做的特效。

这些观众的理解多半是正确的。

可电影公司说，他们什么都没做……

这种事根本没有可信度嘛。为了制造话题，制作方搞些小把戏也很正常……嗯，我们回归正题吧。学习型 C 自动追击系统是什么东西？

看名字就知道了。是一种能自主学习、自动攻击C的系统啊。

这根本不算答案。宾兹教授他们为什么不自己攻击？

按照他们的说法，人类的力量想和C抗衡，大概根本就是不可能的。

既然如此，为什么要制订攻击计划？

他们认为HCACS是超越人类的存在，所以能和C对战。

可它是人类制造出来的啊？

似乎没有证据证明，被创造出来的东西就一定比创造者差。实际上，人类不过也是由远古时代地球上的化学反应偶然得到的生物进化而来的，但人类拥有了智慧。

宾兹教授是无神论者吧？这样说来我倒是找到了一些共鸣。

他使用自然界生物进化的原理和计算机模拟实验，组合成了最适合的办法。

也就是遗传算法？

将遗传算法囊括在内的、实用性更广泛的办法。根据宾兹教授的计算，系统启动约半年后，HCACS能达到让人类现在拥有的一切兵器无效的水平。

我不太明白。宾兹教授是想制造核武器吗?

他制造的不是攻击武器，而是战略。

听不懂欸。

所谓的武器也就是道具。

是杀人用的道具吧。

是用来杀 C 的道具。善用道具，它可能发挥数百倍的价值，但若不能善用，它就会变得毫无意义。哪怕有一套十足完备的木工工具，假如不会用，就连一间狗窝也做不了。可若是一个懂得充分发挥工具效力的人，即使只有一根锯条、锤子和钉子，别说狗窝了，可能连人住的房子都能建好。同样地，即使拥有了核武器，也不是说把它打向乌云就一定能打赢对方，即使只有一把小刀，只要用法得当，也能结束一场声势浩大的战争。

宾兹教授制造的，是类似于战略模拟器的东西吧?

严格来说并不是。系统会判断实际情况，采取行动。

人造生命?

对。但不是你想象的那种只存储在电脑里的东西，它存在于这个现实世界。

难道说，他创造出了真正的生命?

不是真正的生命，而是无限接近于生命的替代品。按照宾兹教授的说法，它是机械电子学与非 DNA 基因工程结合而来的最棒的艺术品。

机械电子学我知道，非 DNA 基因工程是什么？是用 RNA 吗？

不。说是基因，其实它连核酸都不是。宾兹教授那一派的某位科学家在陨石中发现了活动方式和基因极度相似的物质。令人吃惊的是，这种物质的主要元素好像是铱。它的活动方式和基因很像，但反应速度好像是基因的数万倍。

就是说成长速度飞快？

按照他们的说法，进化速度也很快。

这就很难说了吧？为了进化，首先会有选择压力……

不需要选择压力，因为 HCACS 会主动设计最适合自己的基因进行重组。也就是说，在我们聊天的过程中，它也在不停地进化。

等一下，那不就是说，HCACS 可以不依靠人类，擅自改造自己？

正是。宾兹教授说，HCACS 好像陆续开发出了不少人类想都没想到的、革命性的设计方法，并且这些方法大部分都可以应用于武器以外的机器。相当于我们拥有了一台终极发明制造机。

这听起来好像全是好事，但无论怎么说，HCACS都是武器吧?

嗯。听说它已经开发出了好几种方法，可以用一辆机动车的燃料实现不亚于核武器破坏力的攻击。

这可就危险了。

非常危险。

相当于主战派的科学家们靠着HCACS开发的武器，拥有了世上最强大的军事力量嘛。

那一派有几个人已经开开心心地申请了HCACS开发的产品的专利，将它们卖给各国负责军事的部门了。

这么干不犯法吗?

法律没有设想过这种情况。更何况，这类骚动在几星期前就已经结束了。

HCACS不好用了?

不。HCACS依然在大幅的改良之中，不断成长——也就是进化。

那是怎么了呢?

人们理解不了HCACS了。

什么意思?

人类理解新的想法，需要一定时间。可是，HCACS的机能持续加速，终于开发出了一个又一个超出人类理解速度的新机能。科学家们按照 HCACS 的要求，给它提供茫茫的材料和设备。而几小时后，小山似的装置建好了，HCACS 把自己和它接在了一起。至于这个装置有什么功能，能用来做什么，没有人可以理解。

怎么会有这样的事？世界顶尖的科学家可都在这里啊。说不定那东西根本就没什么意义，只是一堆破烂。是不是宾兹教授在故弄玄虚啊？

很遗憾，他好像没有故弄玄虚。科学家们也在慢慢地解析，不过远没有 HCACS 自身扩张的速度快。而根据目前的解析结果，一切改造都是有意义的。

如果你刚才说的话都是真的，就相当于我们人类怀揣着一个无法理解的武器。

是的。我们反战派害怕看到这种情况。恐怕各国迟早会对 HCACS 发起攻击吧。不。或许已经晚了。

谁都没告诉过我，事态已经变成了这样。

你有问过谁吗？啊，抱歉。我开个玩笑。这帮家伙是不会主动向其他派系的人透露情报的。而且你们怀疑派的人数本来就少，成员之间的关系也不密切。这应该就是你没听到最新消息的原因吧。

我能去看看 HCACS 吗？

当然能。

HCACS 比我想象的还要大。它占据了地下室实验场的全部空间，但依然不够，于是人们将仓库改建，以配合它的要求。它给人的整体感觉，大概就像一个没有规律又肆无忌惮的物体，由金属、半导体、陶瓷、有机材料、血与肉组成。裸露在外的电路板上连接着相互缠绕的复杂线路，组成可动机械的骨骼，周围环绕着肌肉、血管、大脑等生物组织，偶尔像是想起来似的跳动几下。组织中散布的炮筒、导弹、天线、各种感测器和牙或钩爪之类的东西隐约可见。当然，我根本无法保证它就是我看到的样子，也可能这些只是刻意捏造的外表形象。HCACS 经常散发令人难以忍受的恶臭。不知道地上那些黏度很高的液体是它自身的分泌物，还是为了保持某种环境状态而人为洒上去的，总之这些液体又发出另一种浓郁的臭味。

实在难以想象它具备高级的攻击力。它的内脏都露在外面，看起来很脆弱嘛。我摸了摸 HCACS 的内脏，肉乎乎的，一摸就溅出黄色的汁液。

据说表面的脏器几乎只有扩张功能，就算受点小伤也没什么实际损害。而且你刚才只是摸了摸它，没有发起攻击。

如果我假装要攻击它，它会怎样?

几个感应器瞄准了我，接着，一束探照灯打在我身上。

什么？这是怎么回事？

它对你的话起反应了。还没有认为你是敌人，只是判断你有可能成为敌人，所以关注你的行动。一旦你真的对它发动敌对行为，最好的结果也是被它切断双手。弄不好的话就会当场死亡。

怎么可能。

信不信随你。但拜托你至少别在我面前攻击它。我可不想做噩梦。

我思忖片刻，放弃了尝试攻击 HCACS 的念头。

HCACS 分散着放在几辆大卡车大小的台车上，各个部分用数不清的电缆和血管连接。令人震惊的是，台车底部装有无限轨道。这意味着 HCACS 可以依靠自身的力量行走。不仅如此，如果宾兹教授发表的基本设计书的内容可信，HCACS 应该可以在海陆空及卫星轨道上战斗。还能根据情况变形、分离、融合。当真是一件终极的万能武器。

我不禁颤悚。如果真正的 Cthulhu 并不存在，那么人类就为了挣脱幻想的恐惧，制造了真实的恐惧。或者说，宾兹教授真正的目的不止于此？如今的他，是离世界帝王宝座最近的人。

我调动自己的全部知识，试图解读 HCACS 的构造。如此大规模的系统能够自主活动，它身上一定有一个部位起到中控的作用。就像人类的大脑一样。可我没有找到这个部位。构成 HCACS 的每一个部分都很有个性，无法单独把某个特定的部分区分出来。也可能是 HCACS 想到了自己可能会被攻击，事先做了伪装。

HCACS 过于异常的样貌让我畏缩，我连续好几天都吃不下饭，每天晚上都做噩梦。要么是梦见一半身体变成鱼的人类在深海的都城慢悠悠地徘徊，要么是梦到潜藏在大漠之下、住着奇怪的蜥蜴人的城邦。当然，这些不过是我来到这里后不断听到世上有关 Cthulhu 的迷信言论，此番又因目击 HCACS 受了刺激，这一切反映在梦中的结果。但恼人的是，噩梦不仅发生在睡眠中，清醒时也会出现。开始有奇怪的半透明异形生物在我的办公室飘荡，趴在寝室地面的奇妙晶体上，能看到里面有一幅异世界的图景（那晶体不知什么时候消失了，也可能连晶体都是我的幻觉）。

而且，经历这种怪事的好像不止我一个。虽然这种事以前也会偶尔发生，但听说自从 HCACS 正式启动后，怪事的发生频率和规模都比以前增加了。有人说，这意味着 C 的复活终于越来越近，也有人说，这里由于有了 HCACS，所以成了 C 攻击的目标。但据说宾兹教授面对大家的惶恐，只是在一旁冷笑。按照他的观点，C 的复活之日是否将近，或者这里是否成了 C 攻击的目标，人们都没必要担心。因为 HCACS 已经启动，在它的庇佑下，C 市是世上最安全的地方。即使 C 突然在此地现身，HCACS 也会切实地保护 C 市，将 C 歼灭。当然，没有人知道它会用什么方法。反正我们能想象的战略对 C 都不适用，只要相信 HCACS，全权交给它处理就好。只有 HCACS 能让人们绝对放心、给人类带来宁静的生活。

一天，爆炸声响彻了 C 市全城。大多数科学家都清楚这意味着什么。不知员工们是否明白，但他们依然一脸镇静。我到外面一看，之前容纳 HCACS 的歪斜建筑上冒着墨黑的烟。终于有人搞破坏了。C 市全城立刻拉响了警报。

我抵达爆炸现场时，现场已经围了里三层外三层的人。整栋建筑坍塌严重，一层开了一个大洞，洞里溢出混浊的黏液，弄脏了大地。一声惨叫传来。循着声音的方向望去，宾兹教授呆立在那里，双手抱着头，不住地哀叫：为什么，为什么？为什么防御机关没起作用？几位科学家冷眼旁观着宾兹教授这副模样，还有一些人和宾兹教授一样手足无措。这时，洞中——洞口的黏液中出现一个人影，是反战派的主力雷奥鲁诺博士。雷奥鲁诺，是你这家伙干的吗？宾兹教授逼问。但雷奥鲁诺博士目光虚浮，嘴里不停念叨着什么。宾兹教授猛地抓住雷奥鲁诺博士那满是黏液的白衬衣的胸口处，又大吃一惊地松了手。他这才发现刚刚过分激动而错过的异常，雷奥鲁诺博士的下半身被撕得遍体鳞伤，内脏和骨头全都露了出来。别说他是怎么在这种状态下还能保持站立了，就连他还活着都让人难以置信。随着雷奥鲁诺博士的呢喃，他口中流出大量的黏液，伴着内脏的碎片，湿淋淋地淌到地上。原来如此，是这么一回事啊——宾兹教授拍手叫好。雷奥鲁诺博士的体态让 HCACS 误以为他是普通的人类，其实雷奥鲁诺博士已经是死人了。所以 HCACS 没能将他杀掉。

宾兹教授，你的推理很精彩。反战派的领袖拉雷松博士从人墙之中现身。为了破坏 HCACS，雷奥鲁诺博士赌上了性命。

是你用了盐之秘术？宾兹教授瞪着拉雷松博士。

正是。

那么，你也就承认自己为了理想，杀害了同伴喽？

我没有杀雷奥鲁诺博士，他是自绝性命的。今天早上我去他房间时，他已经咽气了，手里捏着一封遗书，让我用他的身体施行盐之秘术，挫败宾兹教授的野心。

你要我相信你说的话？

拉雷松博士摇头。我不会强迫你相信，但这是不争的事实。

哼。你别以为这样就赢了。宾兹教授闭上眼，双手搭出奇怪的形状，开始念诵咒语。

欧呜谷头弗楼斗　嗳一哎一呼

叽布鲁——噫噫呼

唷呜谷嗖呜头吼呜头呼

给一奋咕　嗳一哎一呼

滋呼漏呜

咒语一开始念诵，雷奥鲁诺博士就不再动弹。宾兹教授念出 Y 的名字——Yog-Sothoth（犹格–索托斯）的那一刻，雷奥鲁诺博士的身体开始崩毁。他身上迸出几道从头顶到脚底的裂隙，体内的组织随即全部从裂隙中流了出来。血混着溶解了一半的内脏、眼球在他脚下洇开，形成一个巨大的水坑。剩下的身体成了一个中空的口袋，立刻杂乱无章地崩裂开来。宾兹教授瞪大了双眼，怒视拉雷松博士。

事到如今，就算你毁掉了雷奥鲁诺博士，也已经于事无补。拉雷松博士平静地说。

不，你犯了一个致命的错误。雷奥鲁诺博士赌上性命破坏的，不是 HCACS 的中枢部位。

别开玩笑了！我们事先确认过你写的设计书。雷奥鲁诺博士确实戳中了 HCACS 致命的地方。

如果事情发生在三天以前，你们的计划就成功了。然而，中枢部位已经完成了转移。

骗人！你有什么必要那么做？！

宾兹教授摇摇头。我当然没有理由这么做。但是，HCACS 有它的理由。所以它自主移动了中枢部位。

真是走运。

走运？不对哦，HCACS 预测到了一切。

不可能。它不过是个机器，怎么可能预测得到！

HCACS 已经不单单是机器了。它是超越人类智力的绝对破坏者。你和我都能理解 HCACS 用物理方法击退攻击者的防御机关，所以你想出了盐之秘术这一招！但是，HCACS 已经构筑了更高级的防御机关。它预测到会遭到死人的攻击，所以事先转移了中枢的位置。

不可能有方法预测到我们会用盐之秘术发起攻击。你能解释吗？

当然解释不了，因为我和你一样，不过是寿命和智力同样有限的生命。人类试图理解 HCACS，根本就是白费力气。我很高兴，HCACS 马上就要超越人类了。既然如此，它一定能赢过 C。宾兹教授转过身，背对着拉雷松博士。抱歉，废话就说到这里吧。我现在得赶紧去修复 HCACS 了。当然了，只要启动种子，它立刻就能自我修复。

我们会一次又一次破坏它的。拉雷松博士在宾兹教授背后说。一次又一次地破坏。

这是最后一次了。宾兹教授嘟囔道。就连低级的防御机关也会进化，HCACS 不会在同一个地方失败两次。

HCACS 的修复当天就完成了。不，也许它根本就没被破坏。积在大楼地下一层的黏液简直成了培养液，HCACS 把根探到建筑之下，变得更加巨大。它从大楼上下的裂缝中伸出触手或机械手，默默地运作着，人类已经无法理解它的意图。宾兹教授对 HCACS 做了大规模的修改，使其各部分能分别进行自我组织算法。这样一来，HCACS 就没有了整体与部分之差，每个部分都开始独立进化，各部分在相互侵略的过程中成长。无论破坏哪个部分，都不会对整体系统造成致命的危害。存活的部分会自主学习，然后重新覆盖全部。按照宾兹教授的说法，那是他最后一次修复 HCACS。因为从此以后，人类就彻底无法理解 HCACS 了。

宾兹教授说的没错，人类再也无法预测 HCACS 的行动了。它先是将最开始的建筑侵蚀殆尽，然后穿过下水道和其他的地下管道，或者直接贯穿地面，开始入侵其他建筑。原本就快解体的建筑迅速坍塌，但 HCACS 的根部很快将它咬住，于是建筑虽然四分五裂，但勉强没有崩毁。拉雷松博士的手下多次尝试破坏 HCACS，但一切努力都以失败告终。盐之秘术彻底无效了，肉体一旦接近 HCACS 就会分崩离析。某位科学家的报告指出，这可能是之前的咒语在人类听觉范围以外的频率循环播放的结果。但真的是这样吗？其实是存在于 HCACS 周围的某种力场的作用吧？反战派放弃了盐之秘术，开始尝试用提升攻击力的武器直接破坏 HCACS。但结果永远不变。想用巴祖卡火箭筒发射贫化铀弹的女子被地底下探出的无数根管状物体凌辱，直至下半身粉碎而死。还有人试图劫机后进行自杀式攻击，但客机在接近建筑之前便被强烈的电磁波捕捉，直接消失不见。HCACS 入侵了一座又一座 C 市的建筑，不断扩张自身。它不会主动攻击人类，但科学家们无法忍受在 HCACS 的组织包围下生活，陆续搬到城市边缘居住。只有这片土地的居民——那些员工似乎毫不介意 HCACS 开枝散叶，他们和 HCACS 一起生活，无论自己的家或公司被它侵占成什么样都无所谓。不久，科学家们一个接一个地离开 C 市，只剩下以宾兹为首的主战派中尤为激进的一支——他们开发了 HCACS，和打算冷静观察事态发展到最后一刻的怀疑派——也就是我所在的派别，还在 C 市不远的地方观察 HCACS 的动态。

C 市原本就以奇形怪状著称，如今其外表更加惊人。巨大的黏膜包覆着形态各异、濒临瓦解的建筑群。黏膜之中伸出金属机械和大大小小的触手，它们各自随意地动弹。没人知道那些员工现在怎么样了。是被 HCACS 吞噬，成了它的一部分？还是仍然在 HCACS 的组织中，继续维系普通的生活？总之可以肯定，没有任何人逃出 C 市。

然后，我们终于目击到了：已经和 C 市融为一体的 HCACS 长出了巨大的翅膀，身体变得像龙，头部化为头足纲生物的模样。宾兹教授看到它的样子，高声大笑。原来如此，竟然是这么一回事。原来要想战胜 C，必须先把自己变成 C 的同类啊。这东西在逐渐完成对 C——对尚未显世于人间的 C 的完美复制。

各国政府此前一直对 C 市的科学家们坐视不管，看到 HCACS 变化为这般模样大概也感到不妙，开始采取行动。他们召开听证会，将 CAT 的科学家挨个儿叫去盘问。我当然也被叫去了。

HCACS 现在还在你们的控制之下吗？

不在。

那么，它是否还受控于 CAT 科学家的某个派别？

不。

那就是说，它受控于某位科学家？

没有。

HCACS 危险吗？

我不清楚。

HCACS 杀过人吗？

杀过。但仅限于有人试图破坏它的时候。

HCACS 会成为人类的威胁吗？

我不清楚。

HCACS 具有歼灭 C 的力量吗？

我不清楚。我不了解 C，所以无法比较它们的攻击力。

你认为应该毁灭 HCACS 吗？

应该。

虽然不可能是我的意见起了作用，但各国开始了对 HCACS 的攻击。不知道大家是在统一的指挥系统下作战，还是分散攻击，总之C市周围已经进入战争状态。日本政府屡次对各国发出谴责声明，但谁都不去理会。美国一开始似乎还把HCACS当作武器，不舍得下狠手，送了特殊部队过去试图镇压。不知道他们想要镇压什么，唯一能确定的是最终无人生还。然后美国便投入了坦克部队，装备最先进武器的坦克军团从日本国内的美军基地沿公路出发来到C市，瞬间就被触手贯穿而爆炸。这之后，人们不再尝试从地面接近HCACS。战斗机从停在海湾的航空母舰起飞，每天进行空袭。可炸弹全都被HCACS吸收，一点儿效果也没有。最后终于投下了云爆弹，但熊熊燃烧的火舌只是在HCACS的背上舔了舔便结束了。这样一来，就只剩下一个办法了。那一天，所有部队都从C市附近撤退。政府也提醒了留在C市的居民，但他们对一切置之不理。第三朵蘑菇云在这片国度腾起。云消雾散后，HCACS没了影踪，出现了一口原生质的湖泊，表面放射出强烈的磷光。世人看到这一幕，拍手叫好。然而这个瞬间稍纵即逝，闪闪发光的原生质开始自我组织。世界各国慌忙追加核武器，但已经晚了。HCACS复活了。这一次，它身上带着辐射。后来发射的核武器全都被它吸收了。HCACS的辐射变得更强，核燃料在HCACS内部达到了临界点。HCACS利用核能，变得更加庞大。没有辐射防护的、有生命的原子反应堆——这就是 HCACS 目前的形态。

与此同时，另一则新闻传遍世界：南太平洋上突然出现了一座岛屿。根据航空器和人造卫星的观测，岛上好像有巨大的石造建筑群。神奇的是，这座建筑角度超出几何学范围的古代城市，和与 HCACS 融为一体之前的 C 市如出一辙。没有人开口表态，但谁都知道那座城市的名字。人们只是把那座城市称作 R。只有一艘驱逐舰为了监视 HCACS 留了下来，其他舰队都集中在了 R 周边的海域。但大家等了很久，也没有 Cthulhu 在 R 现身的迹象。有人提议立刻登陆，但究竟该由哪个国家的军队第一个登岛则一直没有定论。好几天过去了，全世界都紧张得受不了的时候，HCACS 有了变化。它起身朝大海走去。日本遭遇了史无前例的大地震。HCACS 的肢体与海面接触的瞬间，海啸就发生了，待命的驱逐舰葬身鱼腹。HCACS 开始从海上接近 R，之前站上绝望的悬崖的各国首脑全都大喜过望——HCACS 到底是为了打倒 C 而被建造出来的。眼下 R 浮出水面，C 的复活指日可待，HCACS 当然要去完成它原本的使命。并且，既然它的攻击力这么强，或许真能战胜 C。

宾兹教授还是没有等到 HCACS 登陆 R 的那一刻。

他于登陆的几天前在家中的浴室割腕自杀了。据他的家人说，当听说 R 浮出水面、HCACS 开始移动后，他揪着头发发出了惨叫，然后不停地嘟囔着：我干了什么，我到底干了什么。他拿着刮胡刀独自走进了浴室。此刻，我手边有一张笔记凌乱的便笺。这恐怕是宾兹教授的遗书吧。这张便笺他的家人连警察都没给，但耐不过我太想了解真相，最后还是把便笺给了我。现在我读完了便笺，手止不住地颤抖。啊，要是没看这东西就好了。电视上刚刚播过 HCACS 试图登陆 R 的画面，全世界的人大概都在欢呼雀跃吧。然而，我的喉咙中发出的却全是沙哑的呜咽。遗书从我手中掉到地上，上面写着这样的内容：

一群蠢货！你们还不明白吗？一切都是相反的。我们一直深信，HCACS 是人类为了对抗 C 而用自身的意志创造出来的。其实 HCACS 就是 C。人类本就是为了 Cthulhu 复活而存在的种族，除此以外，我们再没有别的使命。

来自毕宿五的男人

“好慢哦，今天真有委托人要来吗？”我和老师说话时哈欠连天。

老师抬头望了望墙上的表，说：“比约好的时间晚了三十多分钟了。不过，他一定会来的。”

我和老师在某座大楼的一个房间里。我们都坐在桌前，不过老师的桌子更大更稳当些，桌上放着几个文件夹和几份文件。相比之下，我的桌子小一些，各种尺寸的纸在桌上堆成小山，几乎没有发挥桌子的功用。即使如此，没喝完的咖啡杯还是在快要塌下来的纸山上勉强保持了平衡。

“委托人是男的吗？”我在椅子上重新盘起双腿，“年轻人吗？”

“你不必在意这些。”老师态度严厉，但他也看了好几次表，似乎有些担心。

“那个人说过自己想要委托什么吗？”我用勺子搅着咖啡。

“还没有呢，等他来了再问。”老师抱着胳膊向上抻了抻身体，在椅子上做起伸展运动，“委托内容估计就是老生常谈的那些问题吧。别管这些了，在委托人来之前，把桌子收拾收拾……喂，你在干吗?!”

我用右手的拇指和食指捏住搅咖啡的勺子柄，左手没碰勺子，做出波浪起伏的动作。勺子便配合我的动作，变得像尺蠖一般弯弯曲曲。

“欸？这个吗?”我单手把勺子转得飞起。勺子像有生命似的蠕动、伸缩着。“我想稍微练习一下。最近一直没使用力量，有点迟钝了……”

老师从我手中一把夺过勺子。

“哇！老师，你要做什么?!”我惊呼道。

“你说我要做什么?”老师双手叉腰地站着，“毫无顾忌地做这种事，要是让委托人看到了，你要怎么办?”

“这有什么关系？反正也要使用这种力量解决问题，到头来都要让委托人看到的。”

“或许确实如此，但凡事都有顺序。委托人到侦探事务所来，一进门就看到你变戏法，多数人都会被你吓跑的。”

“但我这也不是戏法嘛。”我噘着嘴，“没耍花招，也没作弊。”

“这样反而更糟。”老师晃了晃竖起来的食指，开始说教，“委托人是来找侦探的，他们认为侦探是一种符合逻辑的职业。无论多么神奇而不合情理的事件，侦探都能用被大众接受的逻辑推理，解开重重迷案——这样才符合委托人的期待。侦探要是一上来就用魔法或超能力，你觉得会怎么样？”

“会怎么样呢？”

“会失去委托人的信任。他们会怀疑侦探或许根本无法正常推理。”

“为什么呢？有了魔力或超能力，就算无法推理，也有可能解决问题——他们不会这样想吗？”

“一个侦探，理应擅长推理。如果委托人需要魔力或超能力的帮助，他们还来找什么侦探？直接去找牧师或占卜师就好了。”

哦，是这样啊——我刚要这样回答，门铃就响了。

“你在这里磨磨蹭蹭的时候，人家已经来了。”老师动了动手腕。与此同时，咖啡杯腾空而起，跃入里屋的洗手池。接着，我桌上的文件全都飞到空中，一瞬过后，便整整齐齐地摞在了桌上。

“门开着，您请进。”老师对着通话器说。

“看，老师不也一样吗？”我小声抱怨。

“这是紧急情况！”老师也小声回击。

门开了，一个看上去很谨慎的男人走了进来，不安地打量着四周。

“您是今天预约过的客人吧？请那边坐。”我催着默默点头的男人在沙发上落座。

“嗯，首先，可以告诉我您的姓名和住址吗？”老师语调冷淡。

“我叫福斯珀克。”男人回答问题时语气忐忑，“是从金牛座的毕宿五星系来的。”

老师和我沉默地凝视男人。委托人这样介绍自己时，最开始的反应很重要。如果应对不当，对方就会走人，不会再来了。我决定看老师怎么出招。

然而，老师久久没有对男人说话。他和我一样，只是愣愣地看着对方。

这样下去，会不会不太好啊？老师是不是有什么考虑，所以故意保持沉默？

就在我耐不住性子要开口提问的瞬间，男人又开口了。

“是啊，你们一定很惊讶吧？我知道自己的情况很难让人信服。不，你们没必要勉强听我说话。现在你们一定很惊讶吧：‘这个男人到底是故意来捣乱的，还是有什么妄想症？’会这么想也很正常。有常识的人，一开始都会怀疑的。不过，我确实没有说谎，我真的是外星人。

只是没办法证明这一点。”男人双手掩面，低下了头，“我果然不该来。早就知道会变成这样……给你们添麻烦了。忘记我刚才说的话吧。再见。”说完，他站起身。

“可以先和我们说说您的委托内容吗？福斯珀克先生……我应该这样称呼您，对吗？”老师露出一个淡淡的笑容。

福斯珀克愣在原地，低头看着我们：“那就是说……”

“先让我们听听您的委托内容。”老师沉稳地重复道，“您是为了这个来的吧？”

“你们愿意相信我吗？”

“我们的工作建立在与委托人的信赖关系上。如果您说的是谎话，我们会很为难。刚才您说的都是真的吗？”

“是的。”

“那我们就相信您。”

“真的吗？我可是说自己是外星人哦。”

“这个我刚才听您说了。怎么样？您愿意委托我们吗？”

福斯珀克闭上眼睛思考了一会儿后，缓缓睁开双眼，重新坐回沙发上。“我明白了。那就拜托你们了。在讲述委托的内容之前，我想先讲一讲我的身世。可以吗？”

“只要它和您委托的内容有关就行。”

“当然有关。那么，我先讲讲我的故乡。二位一定知道金牛座吧？”

“在星座占卜中听说过。”我脱口而出，“是几月份的星座来着？”

“金牛座中，最亮、最容易被人们看到的星星就是毕宿五。夜空中闪闪发亮的星星大部分都不是行星，而是像太阳那样，会主动发光发热的恒星。这个二位也知道吧？毕宿五就是这样的恒星之一，我们居住在围绕它转动的一颗行星上。”福斯珀克讲到这里喘了口气，不安地看着我们。

“我们在听，您继续。”老师一直保持着亲切的态度。

“我们的行星比你们这里进步许多，有居民居住的地方，科技文明也在不断发展，现在包括海洋在内，行星的表面已经全部城市化了。居民区还扩展到地下和周边的宇宙空间，不，这一切都是自然的发展，没什么好惊讶的。问题出在人口上。我们那个世界的人太多了。能源、食材和居住空间都是有限的资源，就算再怎么开发也是有限的。我们的世界目前濒临危机。”

“可既然科技那么发达，人口问题不应该早就解决了吗？让大家不生小孩不就行了吗？”

“事情没有那么简单。如果孩子的数量减少，社会整体就会老龄化，最后走向毁灭。要想在不发生老龄化的情况下减少人口，就只能减少老人的数量。但这肯定是不被允许的。”福斯珀克悲伤地摇摇头，“可是，事态变得进退两难。如今我们必须在两条路中做出选择：要么几十年后毕宿五星系的人类全体灭亡，要么牺牲种族的一部分，换取另一部分的存活。”

“您能来到我们这里，就代表可以太空旅行吧。为什么不宇宙移民呢？”

“以数百人、数千人为单位的移民当然是可能的。但几百亿人口要怎么乘坐宇宙飞船移民？如果有那么丰富的资源，就不会出现这样两难的局面了。但在选择的日期即将截止时，我们的政府终于发现了第三条路，那就是令人毛骨悚然的备份计划。”

“备份计划？”老师和我几乎异口同声地叫了起来。

老师用眼神制止了我，然后问他：“那到底是怎样的计划？”

“二位都会用计算机吧？”福斯珀克惴惴不安地问。

“嗯。不过是老款的，用来管理委托人的资料。”

“用电脑的时候，硬盘不是会存下越来越多的数据吗？”

“嗯。这有什么问题吗？”

“如果装不下了，要怎么办？”

“增设一块新的硬盘。或者把平时不用的数据复制到其他存储器上，把原有的数据从硬盘上删除啊。”

“增设新的硬盘，相当于将一部分人口搬到其他行星上。而‘备份计划’是把人口复制到其他记忆体上，然后从原先的磁盘中删掉原有的人口。”

“不过，‘备份’的意思是——”我接过话头，“以防重要的数据因故障或失误被删除，先把它们复制出来吧？那么，删除原先的数据不是很奇怪吗？”

“这正是我们政府的阴谋所在。政府深知复制和删除同时进行必会遭到抵制，所以告诉人们，复制的目的只是为了备份。‘居住在这个行星上的每一个人都是无可替代的存在，可是一旦遭遇事故或因为疾病死亡，生命就会永远消失。再怎么难过、叹息也于事无补。但要是事先备份好每位国民的资料呢？这样一来，就不必担心某个人可能遭遇不幸去世了。我们就不会再失去生命了。’只要这样向大家解释，就没有人站出来反对。

“法案通过后，政府再找准时机，提议削减一部分人口。当然也有人反对，但他们找不到有力的理由反对削减备份过的人口。

“政府最开始还懂得克制，岔开了备份和削减的时段，但随着资源越发枯竭，他们开始大张旗鼓地同时进行备份和削减。”

“所谓的备份，具体是怎么样的？”老师冷静地询问，“人类又不仅仅是一组数据。”

“你们一定知道遗传基因吧？”

“并不是特别清楚，只知道个大概。包括人类在内，所有生命的遗传信息都由遗传基因中四种盐基的排列方式决定。是这样吧？”

“是的。也就是说，遗传基因是只用四种文字画出的设计图，这就说明，人类的遗传信息不过是单纯的数据。”

“人类不是仅由遗传基因决定的吧？如果是那样，同卵双胞胎不就成了同一个人了吗？人是有心的呀。”

“那么心是什么呢？我们的科学家声称已经找到了心的真面目。照他们所说，心只不过是大脑中发生的电化学反应，某个瞬间的想法只是数百亿脑细胞在不同状态下的累积。于是，他们将想法用电子形式记录下来，证明了心可以在计算机中重现。”

“我是没法接受这种解释的。”我喃喃道。

“当然了！”福斯珀克激动地拍了桌子。

“那被复制的数据会怎样呢？按照你刚才说的，复制品本身也就有了人格。”

“听说被复制的数据同样会在现实世界的复制品中，过着和之前一样的生活。但就算复制品和我们一样拥有记忆，也无法改变它是复制品的事实。真正的我是绝不会允许自己被削减——也就是被杀害的。复制中心的传票寄到家里的第二天，我就和出埃及团取得了联系。”

“那是什么？”

“反对备份计划，帮助被中心传唤的人逃亡的非法组织。”

“这么说来，您所在的世界并不是团结一致的喽？”老师显得有些惊讶。

“当然不是。”福斯珀克回答，“有的是人存心反对政府的强硬手段。可政府一旦发现有人从事这类活动，就会一一复制其中心人物——同时消灭他们，反对组织自然就潜入了地下，并且自然而然地有了名字：出埃及团。”

“所谓的秘密组织，一般来说是不为人知的吧？”

“嗯。”

“那您是怎么和他们取得联系的呢？”老师的语气重了一些。

“老师，您不必如此逼问他的。”我担心这样会让福斯珀克不舒服。

“不，感到疑惑是很正常的。二位愿意认真听我说到这里，已经是奇迹了。”福斯珀克用同样的语气继续说道，“我是幸运的。就在接到备份中心传唤前的几个月，我刚刚得知一位朋友是出埃及团的一员。当时我一边喝酒一边抱怨政府的做法，那位朋友悄悄地给我写了一张便笺，然后在我耳边小声说：‘别再讨论这个话题了。如果有紧急情况，就联系这里。’”

“这听上去也太巧合了吧？”

“嗯。我当时也这么想，但在出埃及团的秘密基地听了他们的解释后，我明白了。原来，对政府心怀不满的人本就容易成为被备份的对象。出埃及团从这些人中选出能严守秘密的人，告诉了他们联系方式。”

“原来如此。那么出埃及团实际上做了些什么事呢？”

“我刚才说了，现在距离最后的时限还有几十年。所以应该先保护逃亡者，然后慢慢研究逃脱办法。”

“但不正是因为没有逃脱办法，才实施备份计划的吗？”

“当然不可能让所有人逃脱，但少数不希望被备份的人有可能活下去。问题出在政府的态度上，他们连检讨自身都不愿意。”

“然后又发生了什么呢？”

“藏在一起的伙伴们一个接一个地逃了出去，没有告诉其他人他们的去向。万一有人被捕，为了不连累其他伙伴，不得不这样做。”讲到这里，福斯珀克喘了口气，“然后，终于轮到我了。毕宿五星系的几个行星上设有有人观测基地，由无人货船定期向基地运输物资。为我设定的逃生计划是混在那些货物中，逃到其他星系去。我在准备好的冷冻睡眠装置中沉睡，即将抵达目的地时自动解冻、苏醒，然后乘小型宇宙飞船从货船逃脱。”

“那个星系，莫非就是……”

福斯珀克点头：“由于这个星系有能够生存的行星，我选择了这里。”

“那就说明，这附近有毕宿五的基地？”

“对，所以问题来了。他们肯定已经注意到有些人通过无人货船逃生了，并且，把这件事和出埃及团联系在一起并不难。他们不可能饶恕违反母星法律的人，现在恐怕已经发出了对我的逮捕令。最坏的结果，就是我可能被杀。”

“怎么会？这也太过分了。”

“并不过分。为了避免备份计划的崩毁，他们必然不会轻饶任何一个人。我一抵达这颗星球，就立刻联系你们的政府机关和媒体，向他们说出了一切。然而，政府机关和媒体根本不正眼看我。我本来寄望于得到这颗星球的政府保护，但这些想法全部落空，现在已经走投无路了。就在此时，我看到了你们的广告。”

“‘承接私人警卫工作，百分之百保护您不受任何敌人的攻击’，是这个吧？这句文案还是我想出来的呢。”我得意扬扬地说。

“我知道，‘任何敌人’不过是一种比喻手法。我早就知道，一切是不可能的。”

“哦唷，您这样说就太不礼貌了。我们的广告可没有造假。”

“二位有所不知，我们星球的杀人机器有多恐怖。”

“您才是对我们的力量有所不知。”我噘起嘴来。

“好了，你们两个不要吵了。证据比论调重要得多。正巧，客人好像送上门来了。”老师朝窗外扬了扬下巴。

窗外贴着一只金属制成的巨怪，形状像昆虫一般。

“怎么回事？我被跟踪了吗？！”福斯珀克面色苍白，“而且还是第六型的杀戮机器。看来无论如何也逃不掉了。”

“那您就不用担心了。”老师笑嘻嘻地说，“我们根本也没打算逃。”

“这家伙可不简单。”福斯珀克浑身发抖，“你们最强的武器是核弹，可这家伙远比核弹来得恐怖。”

“它会爆炸吗？”

“不会，只会大开杀戒。”

“看上去确实很夸张，但应该比不上核武器吧？”

“这家伙会按照程序规定永无止境地杀人，几百万人、一亿人都不在话下。它甚至可能杀掉这个星球上的所有人。”

“在那之前把它破坏不就好了？”

“你是没法破坏它的。毕竟它穿着 0 号元素的铠甲。”

“什么铠甲？”

我的话音刚落，窗边那面墙就不见了。似乎不是被炸掉的，而是墙壁本身突然消失了。

“墙壁气化了。大概这家伙搭载的程序是尽可能无声无息地解决我。”福斯珀克掐住手表上的龙头，“是我对不住二位。我本来就不该向这个星球的人求助。不过，二位还有机会得救。既然这家伙的目的是杀掉我，也许你们逃走，它也不会追上来。”

“虽然有些婆婆妈妈，但我们压根儿没想逃哦。”

“我只能挡住它十秒，快跑吧。”

福斯珀克的手表发出无数根红光，光线有如蜘蛛网般扩张，挡在杀戮机器和我们三个人之间。

杀戮机器的头部被割破，迸出金属细刺。细刺接触到光之蛛网的瞬间发出剧烈的热量，几秒钟的震颤后，蛛网和爆炸声一起消失了。

“你不是说能撑个十秒吗？”我讽刺地说。

“为什么不跑?！现在想跑也晚了！”福斯珀克抱着头。

这时，门口那侧的墙也消失了。墙后面站着一只金属制的巨大爬行动物。

“看来根本无路可逃了嘛。”老师气定神闲地说。

“第七型也来了吗！完蛋了。”福斯珀克当场瘫坐下来。

昆虫形态的第六型先展开了行动。它用最靠后的两只脚“嗖”地站起来，剩下的脚全部对准老师。紧接着，脚的前端射出一根根针，老师被埋在数万根针中。

而第七型似乎决定以我为目标，它的嘴里弹出合金的舌头，朝我的腹部刺来。然后一面泼洒酸液一面在我肚子里搅动，之后通过喉咙，从我的左眼蹿出来。

可怜的福斯珀克似乎被吓得动弹不得，他大睁着双眼，嘟囔着旁人无法理解的句子。

“姆修姆拉姆拉！”老师念诵咒文。

所有的针像录像带倒带一样，沿着刚刚的发射轨迹原封不动地倒回第六型的体内。就算铠甲再结实，针的发射口也是不设防的。第六型停止了动作，紧接着发出可怕的吱嘎声，碎成了粉末。

“恕我反驳您一句，”老师百无聊赖地说，“我觉得还是核武器麻烦一些。以前遇到它的时候我没少费力气让冲击波和辐射失效。”

我攥住从左眼里蹿出的舌尖，猛地扯了第七型一下。第七型滑倒在地，四脚朝天。

“老师，这家伙要怎么处理？”

“要不吸收了吧？你最近好像缺铁，不是正好？”

我微微一笑，高叫一声：“沙拉拉！”

第七型化为软趴趴的一摊，发出吱嘎的巨响被折起来吸进我的肚子里。

“唔呃，这家伙不是铁的，而是无法分解的合金啊，老师！”我边说边调整左眼回到原先的形状。

“年轻人不该挑食。”老师冷冷地说。

福斯珀克的眼珠子都快瞪出来了，勉强挤出的声音像是惨叫：“你们到底是什么人？！”

“我们是参宿四星人。”老师自豪地叉着腰。

“参宿四，那不是星星的名字吗？”福斯珀克好像很惊讶。

“是啊。可别告诉我你不相信有外星人啊。”

“除了我们星球的人，竟然还有其他星球的人来到这里……你们刚才怎么不告诉我呢？”

“因为你没有问。”

“那我重新问一次：你们来到这个世界的目的是什么？”

“我们负责阻止跨星系的非人道主义行为。”老师骄傲地回答，“我们的原则是，发生在单一星系的一切行为都不予干涉，可一旦危害波及其他星系，就不能坐视不管。你们的政府跨越了这条界限。”

“顺带一提，我们已经让毕宿五星系的基地停止了运作。此时此刻，所有观测员都在宇宙飞船上，正在被遣返。”我补充道。

福斯珀克摇摇头，一屁股坐在椅子上。“看来我得先感谢二位了。谢谢你们。但我还有疑问：毕宿五星系之后会怎样呢？还是会缓慢地走上灭亡之路吗？”

“这个你不必担心。”老师干脆地说，“我们的星系过去也面临过人口爆炸的问题。只要掌握时间工学的技术就能轻松解决。”

“时间工学？那是什么技术？”

“简要地说，就是时光机的技术。”

“有了时光机，怎么就能解决人口问题了呢？如果把人们都送回过去人口稀少的时代，现在的人口不是会更多吗？就算是把人们送到未来，也只是把问题拖长，没有得到根本的解决啊。”

“星期天的下一天是星期几？”我问福斯珀克。

“欸？当然是星期一啊。”

“使用时光机的话，星期天的下一天可以还是星期天。也就是一下子飞越六天。这样循环下去，就可以每天都是星期天。同样，也可以每天都是星期一或星期二。”

“我不太懂您到底想说什么。”

“这样就可以把行星上的所有人口平均分成七份，大家分别生活在不同的日子。当然还可以分成十分之一、百分之一，想分几份就分几份。”

“我还是不明白，总之是不用再为毕宿五星系操心了，对吗？”

“就是这样。”老师莞尔一笑，“要留在这里还是返回毕宿五星系，都是你的自由。”

“既然如此，我选择留在这里。毕竟毕宿五星系也不会立刻发生改变。”福斯珀克高兴得好像随时可能跳起舞来，“我可以先回家了吗？不休整一下身心，我恐怕很难理解现在的状况。”

“嗯，当然可以啦。好好休息，然后仔细想一想吧。时间有的是，危机已经过去了。”

福斯珀克欢呼一声，对我们鞠了一躬，开心地跑了出去。

“他好像完全相信我们的话了呢。”我对老师说。

“福斯珀克的性格好像还蛮单纯的，完全没发现自己是复制品。控制中心可视化。”键盘和显示器出现在老师眼前的空气中，她熟练地操纵着设备，“开始初始化。”

被破坏的窗户和墙恢复原状，杀戮机器的残骸渐渐消失。

“如果福斯珀克知道出埃及团其实是政府组织，他以为的冷冻睡眠装置实际上是备份装置，肯定会很惊讶吧？”

“要是那样就大事不好了。”老师说，“像他这样质疑备份计划的人，其复制品通常很难接受自己是复制品的事实，会崩溃的。所以我们才要做这种工作，让他们相信这里不是计算机复制出来的世界，而是遥远的行星世界啊。”

“但这样欺骗他们，不会良心不安吗？”

“这是为了他们好啊。只要复制品们变得幸福，我们就是在做好事。”

“是好事吗？”

“不这样想，工作是做不下去的。”老师拍了拍我的肩膀，“与其琢磨这些，不如尽快做好适用于下一个委托人的程序。这次好像是个年轻女子，或许我们化身为男性比较好。然后，和杀戮机器的战斗场面要温和一些。”

我摇摇头，甩开疑虑，开始为下一个委托人调整程序。

漂亮的小孩

小女孩的家在森林里。森林非常大，夜晚会有可怕的野兽出没。不过，小女孩至今为止还没遭遇过可怕的事，因为她一直很听妈妈的话。

“不能独自外出哦。”

没错。只要待在家里，就不会有任何可怕的事发生。

家里最特殊的地方，是软乎乎的床。女孩总是和妈妈，以及她最爱的偶人娃娃、布娃娃们一起在那里睡觉。

睡觉前，她总要握着妈妈的手，但早上醒来会发现，手不知在什么时候松开了。

“妈妈，为什么要放开我的手呀！我都说了，你要一直握住呀！”小女孩鼓起双颊。

妈妈什么也没说，手还放在小女孩的头发上。

小女孩嘿嘿一笑，左手拿着美嘉娃娃，右手搂着Kuma糖的布偶，朝餐桌走去。

爸爸坐在餐桌前。

“爸爸，早上好！”小女孩活泼地跳上爸爸膝头。

和睦的一家人，就这样开始了一天的生活。

“不是你说要养狗的吗?”男人愤愤地说,“现在又说不想养了,是要怎样啊?”

“那我就是不想养了,这有什么办法嘛。”女人的语气粗鲁,“你去店里退了吧。”

“有生命的东西是不能退换的啊。”

“那就扔掉好了?”

“扔掉是犯法的。一旦决定要养,就得照料它直到生命的最后一刻。这是饲主的职责啊。”

“蠢透了!”女人深恶痛绝地说,“我都花钱买了,为什么还要承担那些责任不可?”

“出钱的是我啊……总之,你得给我个理由。”

“它太臭了!”

“啊?!”

“这家伙臭死了,臭得我浑身难受!”

男人凑近棕色小狗的后背,仔细闻了闻。“是吗?也没那么严重吧。”

“太臭了,我忍不了。”女人皱起脸来,“这家伙在屋里大便,是不是令人难以想象?”

“这没办法嘛。它是狗呀……”男人脸上浮起疑惑的神色,“你不是说,你养过狗吗?”

“嗯,小时候养过。我家以前在森林里,周围有很多动物。啊，好怀念呀。从那时候开始，我就一直喜欢动物。”

“是吗？”男人歪了歪头，很快说道，“那么，大便的问题总是能忍的吧？”

“你在说什么啊？！谁要给这家伙打扫大便啊！”

“不是有清扫机器人吗？”

“不管用。狗的大便不在它的清扫程序里，所以它遇到大便就会停下来。”

清扫机器人不会把碰到的东西全都吸进肚中扔掉，否则忘记收拾的重要文件和掉在地上的首饰也可能被它清理。不过，也不必买回来就给它设定程序。这类产品通常出厂时就设好了通用的模式。只吸走棉絮、灰尘、揉成卷的纸巾等明显是垃圾的东西，对其他东西视而不见。如果有特殊情况，诸如不想让机器人将上述物品视为垃圾或想让机器人打扫更多东西时，就有必要重设程序。

“设一下程序，它就会处理啦。”男人强忍怒火。

“我怎么知道如何设定程序？就算知道，也没必要做那么麻烦的事吧？”

“行了。我来设。把说明书给我看看。”

“说明书怎么可能还留着。”

“你把说明书扔了？”

“当然了！哪里会有人留那东西！”女人焦躁地说。

“行吧。总之，我会处理大便的。”男人被女人压倒了气势，“所以，你再考虑一下，最好不要抛弃它……”

“不行。它不光臭，还乱咬。”

“欸？！乱咬？你受伤了吗？”

“要是咬了我，那我可饶不了它！它咬了这个。”女人给男人看伤痕累累的桌布和鞋底漏了洞的拖鞋，“它凭什么这样和我捣乱？！”

“它只是在玩。它最近是不是有压力了？遛它的时候，它是什么表现？”

“遛它？那是什么？”

“遛狗啊。你要带着它到附近转一转。”

“你是不是傻？我哪有时间做这些！”

“但狗如果不遛，就会有压力，可能会生病。你上午少看点儿电视，遛狗的时间不就挤出来了？”

“你说什么？！”女人瞪大了双眼，“为了它的健康，竟然要我牺牲看电视的时间？！我为什么要承受这个啊！”

“养狗就是这样啊。”

“不是！”女人口沫横飞地抗议道，“我小时候养的狗性格好多了，从来不大便，也不会乱咬东西，不带它出门它也不抱怨，饿了会自己充电，还会帮我打扫房间……”

“等一等，”男人打断女人的话，“你说的不是狗。”

“就是狗啊。那条狗就像我说的这样，而且更好看，总是散发着花朵的清香。”

“真正的狗不会自己充电，也不会替你打扫房间。”男人点头，“我总算明白了。”

“什么意思？你是说，我养的不是真正的狗？”

“对。你养的是玩具狗。”

“哦哟，是吗？”

“你说想养狗，我就买了真正的狗。”

“真的假的，本来就没什么区别嘛。”

“真正的狗必须吃狗粮，主人必须带它出门散步。而且它会大便，还会给人捣乱。但是，玩具狗可以照顾自己，不会排泄，也不会恶作剧。还能帮主人做很多事。”

“是吗？那我还是养玩具狗吧。”

男人摇摇头：“玩具狗无法成为真正的朋友。”

“你说什么？！”女人气红了脸，“你这话是什么意思！”

“玩具没有心，没有心的东西无法与人心意相通。”

女人尖声笑道："你到底在说什么呀？佩斯是我最好的朋友啊。"

"不是。只是你以为它是。"

"你没见过佩斯，所以才这么说。"

"有些家庭受住宅条件所限，或因家人有过敏体质无法养狗——玩具狗是为了这些家庭的孩子制造的宠物玩具，用来替代真正的狗，所以姿势和动作都和真正的狗一样，真正的狗做不到的事，玩具狗能办到。不过，玩具狗也都靠程序实现其功能。"

"什么嘛！我不会被这种理由欺骗的。你根本就不了解！佩斯它……佩斯它，总是和我在一起。我被妈妈狠狠责骂、赶出家门的时候，它也一直陪在我身边，给我安慰。它跟着我去看海、爬山，我们总在一起玩。迷路的时候，只要有佩斯在，我就不害怕。溺水的时候也多亏了它我才得救。第一次谈恋爱的时候、失恋的时候，它都倾听我的心里话。佩斯是我无可替代的好朋友啊！"

"也许真正的狗不像它那样有用，但真正的狗有真正的爱。"男人抱起小狗，举到她脸前，"喏，你仔细瞧瞧。"

"快拿开！好臭啊！"

"这正是它有生命的象征啊。"

“那我不需要它有生命！！”女人挥手打落小狗。

小狗从男人手里掉到地上，微弱地哀叫着。

看到地上越来越多的血，女人眼里露出明显的嫌恶。

本世纪初，高级AI程序技术急速发展。玩具狗的出现就得益于这一技术的进步。除了视觉、听觉、嗅觉，玩具狗身上搭载了多种传感器，使它能精准监控主人的表情、动作、脉搏、体温、脑电波等生理反应，根据具体情况，选择最合适的办法应对。孩子们常常误以为玩具狗是唯一理解自己的伙伴。这一产品发售后大获成功，很多想养真正的狗却养不了的人都为它买单。玩具狗可以监控主人的心理反应做出相应的行为动作，让主人感受到最大限度的爱意，所以无论主人的兴趣爱好如何，玩具狗都能给他们留下好印象。因此，尽管它原本是为儿童设计的玩具，但也在成年人之中流行起来。

不久，一种奇妙的社会现象发生了。最开始购买玩具狗的都是爱狗人士，但后来，就连不喜欢狗的人群也开始购买。

人们讨厌狗的理由多种多样：担心自己会被狗咬，感到害怕。讨厌狗的体味。懒得照顾它们。狗会破坏很多东西。狗不卫生，可能传播疾病。狗死去时让人揪心。

这些真正的狗的缺点，玩具狗都能克服。玩具狗绝不会加害于人，干净，也不会排泄。可以自己充电，也不会缠着主人出门散步，即使坏了也能修好，可以让主人养到腻为止。

玩具狗发售成功后，各家制造商都开始开发玩具宠物。猫、黄鼠狼、小鸟、金鱼、热带鱼、蛇、蜥蜴、甲虫、独角仙、金钟、河童、人鱼、槌子蛇[①]——无论是真实存在的，还是传说中的动物，都被开发成玩具宠物。

玩具宠物的家庭普及率不停上升，最终接近百分之百。与此同时，真正的宠物开始销声匿迹。对大多数人来说，玩具宠物比真正的宠物更有魅力。玩具安全、干净、不需要操心，永远给人不竭的爱，让人相信它怀着丰沛的情感。而真正的动物则危险、不干净、很麻烦、情绪反复无常，人们甚至不确定它们有没有感情。

宠物们濒临灭绝的危机。新一代人不知道什么是真正的宠物，老一代人也不会特意聊到真正的宠物，真正的宠物渐渐被人们忘却。现在，提到狗或猫，一般指的就是玩具狗或玩具猫。知道这世上曾经存在真的宠物的，只有那些喜欢冷门知识的人了。这些人认为只有在生命

---

① 槌子蛇：日本传说中的生物，别名土龙，是可遇不可求的海中珍品。

之中才能找到真相，于是想尽办法保护观赏动物的血脉，并且逢人便宣传活体动物的优点，循循善诱，可他们的努力收效甚微。无论何时何地都能陪主人玩耍、用可爱的声音撒娇的玩具，和认生、兴奋起来便不受人类掌控的活体宠物相比，简直是高下立判。

“你还是那个怪人协会的一员吗？叫什么来着……”女人皱起眉头。

“不是怪人。观赏动物保护协会的会员都是真正爱动物的人。”男人反驳的语气不太强烈。

“‘真正爱动物的人’？可是你一点儿也不喜欢佩斯啊。”女人抱着佩斯，凑到它脸前。佩斯可爱地歪歪头，舔着她的脸。

“我喜欢它也没有意义，因为玩具宠物们根本没有感情。”

女人的手指轻轻挠着佩斯的脖子。佩斯眯着眼，喉咙里发出咕噜咕噜的声音。

“佩斯要是没有感情，为什么会这么高兴？你解释一下。”

“它不是高兴，是计算出哪种举动看起来像是高兴然后实践罢了，为了满足你的需求。”

“你真是顽固不化！！”女人的语气变得粗重，“它这副模样，谁看了都知道它是有心的！”

佩斯轻咬着女人的手指，发出委屈的哼哼声。女人眯起眼。

男人突然拎着佩斯的脖子，把它从女人手中拎到半空。

“你要干吗？”

悬空的佩斯痛苦地挣扎着。

“快住手，佩斯很痛苦啊！”

“它并不痛苦，只是程序指定它这样做罢了。”男人做出把佩斯摔在地上的姿势。

“住手！！”女人尖叫着抓住男人的胳膊，“拜托你别这样！”

男人放松了力气，佩斯轻巧地落在地上，然后蹿到女人身上，把脸埋在她的胸口，发出呜呜的哭声。

“竟然做出这么残酷的事，你真是冷血无情！”

“我不是。它明明就是机器……”

“你竟然无法感受到它的爱，是不是精神不正常？”

“你在说什么啊？我很正常！”

真的吗？男人心里响起一个声音。玩具狗的产品设定是最大限度地激发人的爱意。对它的表现没有反应的人，是不是不正常呢？

不。他在心里否认。我是有理性的。我知道它不是真正的动物，而是设定好程序的机器，所以我才把它当作物品对待。

“到底要怎么说，你才……”男人的声音被打断了。

女人抱着佩斯哭起来。

“对不起。”男人说，“我不想让你难过的。”

“算了。”女人擦掉眼泪，“你会这样，一定也不是你的错。”

“你怎么总是这样说话……好吧，我知道了。我是怪人，佩斯有感情。这样行了吧？”

女人伸手抚摸男人的脸。“可怜的人啊。”

一股几乎让人颤抖的愤怒袭击了男人，但他咬紧牙关，总算忍了下来。

“哪，亲爱的。我想要个孩子。”

“你说什么？！”男人的怒火被惊讶吹飞了。

“由美的孩子马上就要出世了。”

“由美？”

“我表妹呀，你之前见过她的。”

说起来，是有这么个亲戚来着。

“表妹先你一步有了孩子，所以你不甘心？”

“才不是呢。”女人瞪大眼睛，“只是看着由美开心的表情，我也想要个可爱的孩子啦。”

“生孩子很危险。可能会落下许多病根，而且很长一段时间身体都会受限，对工作也有影响。”

“谁说要用自己的子宫生啦?！现代社会，哪里还有这种人嘛。”

“欸?！你不会是想用……”

“没错，我要用猪的子宫啊。”

“让猪生你的小孩，你无所谓吗?”

“这很寻常嘛，哪里有什么所谓。我也是这样出生的啊。”

“我不是。我是从母亲的肚子里生出来的。”

“竟然自己生孩子，好野蛮哦。”

“我们父母那一代人，都是这样生孩子的。”

“你要是喜欢过去，干脆从动物身上直接剥皮来穿、钻木取火算了。”

男人紧咬着嘴唇看了女人一阵子，终于闭上眼，做了个深呼吸。“我知道了，照你喜欢的去做就好了。如果你需要的话，我会提供精子的。当然，你也可以去精子银行买符合你需求的。”

“谢谢亲爱的。”女人把胳膊绕在男人身上，在他的鼻头上落下一个吻，“我们一定会生一个可爱的女孩。”

“嗯，希望孩子像你。”男人提不起兴致。

即将临盆时，男人的态度彻底发生了变化。他每天都去医院，精心观察猪的状态。猪的腹部被投放了大量抗生素，处于无菌状态。他戴上塑料手套抚摸，感受到那里面有东西在动。那是眼看就要诞生的新的生命之火的跃动。

男人玩味着残留在手上的感受，回到家中。

在家等他的女人说：“关于我们孩子的事，我有话想和你说。”

“好啊，谈什么都行。今天，宝宝对我的声音有反应了。”男人眷恋地盯着自己的掌心，“宝宝跟我打招呼了。”

“我不想要了。”

“嗯，那就不要了。”男人说完，忽然一歪头，“你不想要什么了?!”

“孩子。”

“但孩子马上就要出世了，法律是禁止堕胎的。”

“法律改革啦。因为用的是猪的子宫，所以就算流掉足月的胎儿，也不会给母亲的身体带来任何负担。”

“可孩子是有生命的。”

“那又怎么了?”女人不服气地说,“我说我不要这个孩子了,你觉得这个理由还不充分吗?和女人有权按自己的心意决定生或不生相比,难道你认为胎儿的生命更重要吗?!”

“生命比什么都……”男人欲言又止。若被对方认为自己有危险思想,那就划不来了。

“嗯,女性掌握生产大权当然很重要,胎儿的性命根本无法与之相提并论。”

“那当然了。因为宪法就是这样写的,宪法是绝对正确的!!”

“但是……”男人扶着额头,“我不明白啊。为什么你又不想要孩子了?你之前明明那么期待。”

“因为很麻烦嘛。”女人鼓起鼻孔,“我去了趟由美家。由美现在可惨了,头发乱蓬蓬的,还有了黑眼圈。你知道是为什么吗?”

“因为养小孩很辛苦吧,孩子的父母会疲惫,这很正常啊。”

“婴儿连牛奶都不会自己煮哦。”女人提高了音量,“而且只能吃流食,光这一点就让人难以置信了。孩子一哭,父母就得给他冲奶粉啊。他以为他是谁啊?!”

“婴儿就是这样的啊。”

“作为人活成那样，不怎么样吧。想睡就睡，想醒就醒，完全不考虑大人的状态啊。”

“没办法呀，不管怎么说，婴儿还无法理解大人的话嘛。”

“那我也不能因为这样，就像个奴隶一样一天到晚讨好他啊。我无法忍受自己的人权被践踏。”

“婴儿是没有恶意的……”

“难道说只要没有恶意，就可以为所欲为吗？！随地大小便就是最好的证明。婴儿连厕所都不会自己上，在尿布里解决。然后要父母用手……”女人脸都歪了，“光是想想就毛骨悚然。不仅如此，婴儿还会把刚喝下去的东西突然吐出来。我是无论如何也没法相信他没有恶意。我肯定要流掉这个孩子。由美也说了，她已经决定要生产后堕胎。”

“如果你无论如何都不想要孩子了，我也不……你刚才说什么？生产后堕胎？”

“嗯，由美打算这么做。”

“那是什么玩意儿？听起来像是杀掉已经出生的孩子。当然，我猜那一定不是字面意思。”

女人摇摇头，说：“不，就是字面意思。”

“这不就是杀人吗?”

“嗯，七岁之前都没有问题。想想也是很正常的，养孩子这样重要的事，哪能只用十个月的孕期就定下来呢?也太仓促了。手续很简单，带孩子去保健所，告诉他们‘不要这孩子了’，就行了。”

男人双手掩面：“拜托，唯独这个千万不要。”

“放心吧，我会在分娩前终止妊娠的。”

“亲爱的，我想要个小女孩。”

“说什么呢?你已经按照自己的心意流掉那个孩子了。现在眼看着就要重蹈覆辙啊。”

女人朗声大笑：“我当然不会再想用猪的子宫怀孩子了，那种把戏早过时了。我想要的和这完全不同，是这个啦——”女人递给男人一份电子目录。

目录上有很多小男孩、小女孩，年龄和样貌各不相同，每个孩子都很好看。

“我觉得这个尤里佳蛮好的。”女人凑到男人身边，开心地说。

“你知道自己在说什么吗?”男人浑身颤抖，“这些是玩具，是给玩过家家的小孩子玩的。想要孩子却要不上的人倒是有可能买，你不想要小孩却买这个，很奇怪啊。”

“现在哪里还有人想要孩子却要不上呢？”女人轻笑道，“如今可以用体细胞轻松地制作精子和卵子，子宫可以用猪的，‘不孕’这个词已经成了死语了。这些孩子啊，很受我这种喜欢小孩的人的欢迎哦。”

“喜欢小孩……你吗？”

“嗯，是啊。你不知道吗？”

“可你杀了我们的孩子。”

“话不要说得那么难听，终止七岁以下的孩子的生命不构成杀人罪，这已经写进法律了。我可一点儿错也没有。”

男人仔细查阅目录。“这是制作佩斯的那家公司的产品。”

“是啊。所以品质可以信赖。”

“你如果想要孩子，可以再用一次猪的子宫……”

“不行哦，我不要动物。它们又脏又臭。”

“孩子和宠物是不一样的，有时身上会脏，这也没办法。”

“没办法？一句没办法，就把不必要的劳动强加在我身上，那我可不干。我想养一个可爱的小女孩，但不想给她把屎把尿。这有什么错吗？”

“你这样就叫任性。”

“‘奢侈是人生的大敌’‘先吃苦，后享福’——过去的人没少被这些口号欺骗，我就不一样了，我会好好保护自己的权利。不管你怎么说，我都会买尤里佳。”

“随便你吧。”男人抱着脑袋，当场蹲在地上。

“爸爸，早上好！”尤里佳活泼地说。

“嗯，早上好。”男人被自己的声音吓了一跳。我在干吗？一把年纪的成年人，还在跟玩具说话？

“爸爸，你怎么了？为什么看我的眼神那么奇怪？”

她到哪儿去了？我可不想陪一个玩具玩。

“爸爸，你在找什么？”

男人不理尤里佳，喊着女人的名字。

“妈妈出门了。佩斯病了，妈妈带它去医院。”

简直是荒唐，让我在家照顾玩具，自己外出了，是要怎样啊！烦死人了。

“你的开关在哪儿？”男人问尤里佳。尤里佳和普通的小孩没有两样，皮肤的弹性、温度、湿度，呼吸、心跳和眨眼的样子都完美地模仿了人类。既然如此，辅助功能应该也很完备。

“开关是什么，爸爸？”

“让你停止动作的开关。”

尤里佳摇头，说：“爸爸说的话我听不懂。”

看来这是个残次品，竟无法轻易切断开关。

男人隔着衣服，在尤里佳身上摸索。

柔软的触感令他震惊并缩回了手。

尤里佳笑意盈盈地望着男人。

男人看看自己的手，又看看尤里佳的脸。

很难相信这是人工制造出来的，这根本就是真正的小孩吧？一切会不会是她整蛊我的玩笑？她那时说要堕胎，其实是骗我的，眼前这个其实是我的……

男人摇摇头。

不可能。她没理由跟我开玩笑开到这种地步。

“爸爸，你怎么了？”尤里佳紧紧抱着一只小熊布偶，问话时样子可爱极了。

“别叫我爸爸！”男人大喊，“布娃娃为什么还要抱着布娃娃？”

“为什么我不能叫爸爸爸爸？布娃娃指的是Kuma糖吗？”

“因为我不是你的父亲。还有，布娃娃指的是你！”

尤里佳愣愣地盯着男人的脸许久，终于开始抽泣。“爸爸，你为什么要这么说？你讨厌我吗？”

“闭嘴！给我安静点儿！！”

哭声立刻消失了。尤里佳仍然在哭，泪水大颗大颗地往下掉。这副模样引起了男人的怜悯，令他坐立不安。

这叫什么事儿啊！简直就像我在对一个孩子毫无理由地发脾气啊。不能被骗。这玩具会监视我的心理状态，试图操控我的情绪。

“也不要给我装哭！”

“我，我没……装……哭嘛。”尤里佳一面啜泣，一面回答。

“你这不可能是真哭！！”

既然如此，干脆把它面部的零件摘下来算了。

男人一把抓过尤里佳的脸。

温热的液体划过他的指尖。

那温度从指尖蔓延至全身。

尤里佳用泪光闪闪的双眼抬头望着男人。

不行。这是玩具的策略，我不能被骗。

为什么？有一个声音在男人心里询问。

因为……

没有理由，你不是想要孩子吗？孩子就在你眼前。

可这不是孩子，是玩具。

没有区别。真正的孩子拥有的一切可爱的特质，尤里佳都有。你还有什么不满意的?

但是，它没有心。

心是什么?

是人类才有的灵魂。

那只是你的错觉而已。

不是错觉，我确实有心。

那其他人呢?你怎么知道别人有心?

直接看是看不出来的，但只要看他们的言行……

这孩子的行为举止跟普通的小孩一样。

嗯，没错。

那么，她不就是有心的吗?

“不知道。”男人出声地喃喃道，“我不知道。但如果我能接受这孩子，能爱她，我应该会很幸福。”

男人抱起尤里佳。

尤里佳粉红的小脸蹭着男人的下巴。“爸爸的胡子，扎得我好痛!”

“啊，抱歉哦，尤里佳。”某种甜蜜的情感在男人心里涨开。

女人回来了，看到男人和尤里佳相处的样子，她有一瞬停下了动作，嘴角浮起了温柔的笑容。

她张开双臂，搂住了男人和尤里佳。

男人和女人带着尤里佳和尤里佳喜欢的布娃娃，搬进了森林。因为住在喧嚣的都市，已经找不到任何意义。

那之后，光阴飞逝。

绝大多数人都放弃了要小孩。当然，仍然有些人固执地育儿，但他们只是极少数人群，不仅得不到尊敬，偶尔还会成为人们调侃的对象。渐渐连谈资都算不上了，这些人就这样被世人忘却，然后就真的不见了。

没有孩子的社会出现了，可表面看来和之前没什么不同，总有一些孩童模样的东西在户外活蹦乱跳。不，也有和以前大不一样的地方。先是年轻人消失了，接着是壮年人和中年人消失。整个世界都是孩童模样的玩具和老年人。

没有了年轻劳动力，老人们的日常生活仍然充实而富足。很多人以为，这是他们年轻时积极储蓄的缘故，但这一看法显然是错误的。就算再有钱，也不可能拥有没生产的东西。他们能过上富足的生活，是因为高度发达的自动化机器源源不断地创造财富。

随着年事渐高，人们渐渐不再相互交流。老人不好相处，不愿接受对方，也不愿相互让步。他们的生活中只有自己和“孩子”。

这个世界和平，安稳，舒适，宁静。老人们由衷地感到幸福。

“爸爸，妈妈她真是的。睡觉的时候就放开我的手了！”

小女孩侧耳聆听，等着爸爸说出“妈妈真坏”，可爸爸什么也没有说。小女孩一动不动地抱着Kuma糖，等了十二个小时。当然，在此期间，她一直监控着爸爸的身体反应。可感应器上的所有参数都显示异常，无法计算接下来该采取怎样的行动。

整整十二个小时过去了，定时程序开始启动。“爸爸，你还好吗?”

还是没有反应。

小女孩顿了顿，又进行下一个行动。“妈妈，妈妈！爸爸不太对劲！你快来！！”

每隔三十秒，小女孩就调用一次感应器，但还是监测不到变化，于是向卧室走去。妈妈还在睡觉。

“妈妈，爸爸不理我！他可能生病了。”

妈妈也没有反应。监测妈妈的脸，参数也不正常。小女孩又开始等待。不过这一次，她没有等十二个小时那么久。由于短时间内连续出现停滞，紧急程序启动了。

小女孩身上发出刺耳的警报声，还大声地重复着：“紧急情况！紧急情况！”

接着，她紧急呼叫警方的专线，报上了住址。但警察局没有回应。

小女孩每隔十分钟就重复三遍上述动作，然后陷入了沉默。

咣——咣——整点的时钟敲响了。小女孩又开始行动。没有人为她专门设定过紧急程序施行后该如何行动，所以她以钟声为时机，切回了普通模式。

小女孩把 Kuma 糖放回和早上相同的准确位置，钻进了被窝。然后和往常一样，握住妈妈的手。

咔嚓一声，手指头掉了下来。

但小女孩没有特别的反应，而是进入香甜的睡眠。因为程序员当年没有设想过使用者死后无人问津，以致尸体腐烂的局面。

所以……

小女孩一定会日复一日地重复和睦的家庭生活，直到妈妈和爸爸的身体消失不见的那一天吧。

照片

男人望着那张照片，挠了挠头。照片中间有一个少女，十五六岁。在明亮的阳光下，活泼的笑容几乎要溢出画面，那漂亮的脸蛋说她是新人偶像也有人相信。相形之下，照片的背景则让人感觉有些暗淡，大概是某个神社或寺院里木质建筑的一部分。墙面是烂了似的焦茶色，墙皮四处乱翘。但这背景只是略微阴沉了些，可能是少女过于明艳，导致对比效果强烈吧。这张照片的问题在于少女身后的人影。那人影模模糊糊的，看不清楚细节，但映在少女的头顶到腰部右侧的部分，只拍到了一半。是一个女人，整张脸毫无生气，看着就让人心情沮丧。不，毋宁说是让人毛骨悚然。但最吓人的是，照片上的这个女人虽然在少女背后，身形却几乎是少女的两倍大。

没错，这是一张灵异照片。

男人是照片研究家，平时会写些简单的分析文章或随笔，刊登在业余的摄影杂志上。其中最受欢迎的，是鉴定灵异照片的那类文字。不过，他并非通灵人士。杂志方要求他写的，是以照片专家的身份，从科学角度阐明照片中的灵异现象。

然而，这张照片……

正当他沉思时，大门的门铃响了。男人在乡下独居，和编辑的沟通几乎都靠打电话或书信往来。上门拜访的人不是来收钱的就是推销的。他叹了口气。

没想到，门一开，他瞪大了双眼——门外站着一个笑容耀眼的少女。男人绝不认识这名少女，却感到几分熟悉。

他察觉了个中缘由：这就是他刚刚看了半天的那张照片中的少女。

“你，你是那张照片上的……”男人惊讶得不得了，搜肠刮肚也只说出这样一句话。

“嗯，是的。我跟编辑部联系，请他们提供了你的住址……那张照片鉴定好了吗？”

“呃，啊，现在正在鉴定呢。”擅自告知读者作者的住址，编辑部显然违反了规定，但看在少女如此可爱的分儿上，男人原谅了他们。“对了，难得你来了，可以跟我讲讲关于那张照片的事吗？”

“嗯，乐意之至。”

男人把照片给少女看。

“这个难度很高啊。如果你有底片的话，我想借来看看。还留着吗？”

少女摇头。

“那，哎，那就没办法了。我能想到最可能的原因就是双重曝光了，但那样的话，你的身子前面也会出现灵体。我用放大镜也没有看出相应的痕迹……只根据这一张照片不好推算距离，但如果这个人在拍照时真的在你身后，她的身高至少也有两米半。这实在难以想象。”男人面露难色，“拍照时，附近有没有什么大幅的画或铜像？”

“没有。不过，这人影有可能是画或铜像吗？”

“只是姑且一问。可能性应该很小。你和背景的建筑都对上焦了，只有这人影是虚的，这种情况不可能发生。我也想过照片可能是合成的，但也看不出相应的迹象。”

“那你承认这是真正的灵异照片喽？”少女的眼睛闪闪发亮。

“现在就下结论还太早，我只是说有这种可能……”

“这就是真正的灵异照片，我有证据。”

“证据？什么证据？”

“看过这张照片的人，一定会和照片上的灵体相遇。”少女微笑道。

她是开玩笑的吧？我可不想遇上这么瘆人的幽灵，

饶了我吧。

“不会吧？”我试图一笑而过。

“真的。在看到照片的二十四小时内，一定会。”

“这种事，无论怎么说也……”

少女神色一动，说：“你相信幽灵吗？”

“不。但是……”

“那么就在今晚，你的想法一定会变。”少女露出一个令人脊背发凉的笑容，径自离开了。

这是怎么回事？该不会到头来是一场恶作剧吧？如果真是这样，这场恶作剧可是大费周章了。男人对自己说。

当天深夜，男人家的门铃响了。他一面暗道不妙，一面从门镜向外望去。偏偏那天门外的灯出了问题，只能看到来者的影子。

“请问是谁？”男人怯生生地问。

“中午那孩子来过了吧？”女人的声音仿佛在地底回响，“那你一定知道我来的原因了。”

这怎么可能？果然是恶作剧。但要怎样才能拍出那种照片？想知道真相，就必须开门。可如果……

“怎么了？不会是害怕了吧？”

今天早上那个少女一定藏在暗处。如果我不敢开门，事后一定会被她笑话。

男人开了门。

“嗯，是的。这个人看到我脸的瞬间，就晕倒了。”女人语气阴沉地回答急救人员，“我的照片上洗出了奇怪的东西，于是把它寄到了杂志社。看过照片的人都会遇到怪事，我不太放心，和编辑部联系，终于要到了这里的地址。嗯。就是这张照片。你看，一个年轻女孩的灵体在我前面，小小的，对吧？”

要来块水果塔吗？

姐姐：

重大消息：我终于向凉子告白了。你是不是很惊讶？不知道姐姐有没有发现，我已经喜欢凉子很久了。就是这么回事。肯定有人会在知道我和凉子的事后说三道四，但我不介意。反正都是些落后于时代的家伙。

总之，凉子接受了我的心意。当然，我们不能结婚。也许是有办法的，但我们没必要拘泥于形式，故意要小把戏。所以目前是同居的状态。有打算今后办一场婚宴，可说服那些顽固不化的亲戚们太困难了，凉子好像也没那么着急，所以应该不至于今年或明年就办。我想找个时间，和凉子一起向大家解释。大概没法得到大家的原谅，但我有信心让大家理解我们——我们和普通的情侣没有任何不同。

我都写到这里了，姐姐应该不会反对我们吧？姐姐比我更了解凉子，一定知道她不是一时鬼迷心窍才这样做的。我们是认真的。我相信，姐姐一定会理解我们的。

不，我不该擅自做主。也许是凉子接受了我的心意，让我有点飘飘然了。姐姐刚知道我们的事，想要立刻下结论大概很难。不过，我和凉子对彼此的真诚绝对不会有假。即使真的得不到姐姐的认可，我们也打算两个人一起努力生活下去。但可能的话，我还是不希望和姐姐闹僵。姐姐如果无论如何也无法原谅我们，也不要客气，直接说清楚就好。虽然那样的话，我们就真的被孤立了。但我绝不后悔。

等姐姐的好消息。

拓哉

姐姐：

上一封信姐姐没有回呢。我想了想，这到底代表什么。如果姐姐反对我和凉子同居，肯定等不及回信，就来找我们了。依姐姐的性格，一定会这样做。那是不是就意味着姐姐举双手赞成了呢？这也不可能。从小姐姐就教育我们，绝不能和常人不同。姐姐一直很厌恶旁门左道，不听任何借口。当然，我们也一样。我们很清楚，无论世人怎么说，我和凉子的关系绝对没有违背人伦。姐姐的内心深处一定也这样认为，只是保护内心的常识拒绝接受我和凉子的关系，因此才决定不予回应。姐姐不站在我们这一边，我并不生气。因为我知道姐姐已经尽力理解我们了，这甚至是一种消极的赞同。这样想想，我反而很受鼓舞。

但我要声明一点：我们不是任由姐姐摆布的洋娃娃，我们永远不会照姐姐的想法行动。无论姐姐怎么想，我们都会尊重自己的想法。这些话说来刺耳，但我想，姐姐会理解的。

那么，我来向姐姐报告一下我和凉子的新生活。

之前我一直没有发现，凉子竟然很擅长做甜点。想想也是，以前总是姐姐做甜点，我发现不了也很正常。确切地说，凉子做甜点的手艺似乎比姐姐更好（失礼了）。她做的甜点不仅香甜，还有一股独特的味道。唔，文字很难传递这种感受呢。怎么说呢，凉子的甜点仿佛充满了生命力。吃上一口，就有一股暖流从口腔黏膜传遍全身。凉子的甜点是有生命的，而且不是像植物那样安静的生命，而是像动物那样激情洋溢的生命。也许她在鸡蛋、牛奶里加了什么特殊的东西。不过，凉子坚决不告诉我她用了什么食材。反正甜点也不用我来做，她不说也就算了。总之，凉子的甜点好吃极了。所以我最近宁可减少吃饭的次数，也要吃凉子做的甜点。哎，说实话好了，现在我们三餐都吃甜点。我几乎能看到姐姐皱起眉头的样子了。不过不用担心，我和凉子都很健康，活蹦乱跳的，身体状态可好了，皮肤也光溜溜的。尤其是凉子，她的肌肤泛着漂亮的桃红色。看到她这个样子，我恨不得天天……之后的内容就请姐姐自行想象。也许甜点的营养比我想象中均衡得多呢。

暂且搁笔。

拓哉

姐姐：

最近有点儿不好办。一切要从凉子做的点心味道一落千丈开始说起。倒不是点心变得难吃了，而是不像以前那样，让人感受到生命的辉光了。入口也只有糖和酱油的味道，就像在吃甜点的“尸体”。你说到底为什么会这样呢？

我现在总是昏昏沉沉的，还老是想吐，脸色苍白，长了黑眼圈。每天都拉肚子、耳鸣，几乎整天都躺着睡大觉。这封信也是几天前就想写了，可始终提不起精神，好不容易才写完的。

可我这样还算好的，凉子的情况更严重。她嘴唇发白、嘴上起皮，皮肤变成了土黄色，到处是细小的皲裂。总是浑身发抖，只有眼睛炯炯有神，嘴里发出噎人的臭味，浑身的骨头和血管都凸了出来。

看着凉子渐渐变得木乃伊一般，我建议她去看医生。但凉子坚持说自己没有生病，医生也没有解决办法。

这不是生病，又是什么呢？我生气了，逼问凉子，可她紧闭双唇，无论如何也不回答。

如今，凉子卧床不起，一天天衰弱下去。我虽然没像她那样虚弱，但身体也很差，根本无法照顾她。好容易找到的打工，也因为缺勤太多被开除了。所以老实说，我也没钱让凉子去看医生了。

姐姐，我想拜托你一件事。不是要你借钱给我或来照顾凉子——凉子好像知道自己的身体为何变得如此糟糕，但只是不想告诉我原因。如果姐姐了解凉子的身体状况，我希望你告诉我。姐姐是看着凉子长大的。她以前有没有出现过类似的情况？如果出现过，当时是怎么恢复的？只要姐姐告诉我这个就行。

我很后悔自己之前任性地写下那句话，说我们不是任由姐姐摆布的洋娃娃。也许我们还是不能没有姐姐，离开姐姐就活不下去。

拜托了。现在只有姐姐才能救我们了。

拓哉

姐姐：

姐姐没有回信呢。还在为我们离开你身边而生气吗？还是打算惩罚我们？无论怎样都好，因为我们已经不需要姐姐的帮助了。

凉子终于告诉我实情了。这几天，她的状态越来越差，大概是在意识模糊之间，不小心说漏了嘴吧。

问题果然出在甜点上。凉子甜点的味道之

所以一落千丈，好像是因为少了某种食材。姐姐，你听了不要太吃惊。

那种食材是血，而且是人血。

凉子几年前似乎得过重病，好像是出国旅行时感染的。具体情况我没有深究，总之她当时似乎有难言之隐，也没有去看医生。所以那时也病到了现在的地步。据说意识混沌之中，有一个声音在她耳边低语：喝人血吧，这样就能得救。

我知道有几种病的患者必须一直输血，可我从未听说哪种病的患者必须喝血。尽管如此，凉子还是抱着死马当活马医的心态，拜托当时交往的男朋友给她弄些血来。终于，前男友将红色的液体装在一只陈旧的洋酒瓶里带了回来。虽然无法判断酒瓶里的到底是不是人血，但凉子似乎选择了相信他。可那液体腥臭得很，根本喝不下去。于是，凉子想出一个办法，把血混在甜点里。神奇的事发生了，不仅血的腥臭味消失了，甜点还好吃得令人难以置信。也许是烘焙时的热度令食材和血完美地融合了吧。对凉子来说，原因并不重要。只吃了一次，凉子的病就渐渐有了好转。不仅如此，她的气色比之前更好，人也更美了。不，不单单是美，而是整个人散发出一股任何男人都难以抗拒的女人的妖艳。如今回想起来，我被凉子吸引，也许也是因为这股妖艳。

病治好了，凉子就不再用血做点心了。没想到，几天之后病又复发了。也不知是血没有根治那种病的能力、只能抑制病状，还是凉子的身体对血产生了依赖。总之没有血，凉子便活不下去了。

凉子一次又一次地向男人要血。每次男人都不知从什么地方带血回来，与此同时越发自暴自弃。凉子很珍惜男人带回的血，用剩下的都会冷藏保存。一天，男人带回多到不可思议的血，那之后便消失了。而就在最近，那批血见底了。

凉子便衰弱下去。

拓哉

姐姐：

我开始工作了。为了凉子，我决定努力。

我去夜店工作。那是为欲望两眼放光的女人们集聚的地方。没错，我成了牛郎。如此轻松就能当上牛郎，简直难以置信。也许因为我瘦了很多，面色苍白，在店长眼中显得潇洒又白皙吧。我当场就通过了面试，被录用了。

我以为到店的客人大多是上了岁数、有钱又有时间的女人，可实际并非如此。看起来有钱的中年客人当然也有不少，但一眼望过去都是年轻女子。她们点好几个牛郎过来伺候，神色恍惚地吃吃喝喝。我完全无法理解。年轻女子有什么必要来牛郎俱乐部呢？大街上有的是只要是年轻女人就别无所求的男人啊。我下定决心，问一位常来店里的客人：夜店的开销绝不便宜，你为什么还要常来？

常来夜店的确会有一笔不小的支出——那个漂白了头发、皮肤黝黑的女人用奇妙的语调回答（她只将眼睛和嘴周围涂成白色，说话时嘴里发出腥臭味）。要攒够来这里消费的钱，得连续打好几天的工，不乐意打工的话，就必须伺候那些臭气熏天的老爷子。无论怎样都很糟。可一想到要到这儿来，我就能忍到最后一刻。

世上几乎没有好男人，就算有，也早被其他的女人抓得牢牢的了。我身边永远是一帮蠢男人，一群觉得我比那些风尘女子更有意思、更安全，愿意送钱给我的蠢货。而且无论怎样，那些蠢男人都要求我服从。他们以为自己是谁？我才不会听他们的呢，我只想被男人赞美，被男人服侍。

牛郎们很帅，而且很尊重女人。他们能正确评价我、褒奖我。优雅、帅气的牛郎们环绕在我身边，赚钱来消费的辛苦也会逐渐被治愈。那些飘荡在人世间的蠢男人的臭味，就被夜店牛郎们的费洛蒙抵消了。因为我是配得上这里、有资格来这里的女人。

愚蠢的女人。她根本没有发现，自己和那些瞧不起她的蠢老头没有区别。

牛郎们交换了厌恶又锐利的目光——蛊惑这个蠢女人，把她榨干！

说得对呀。世上那些平庸的男人，哪里懂得你真正的价值。和那帮家伙交往，真是对牛弹琴、投珠与豕。真正与你相配的是奢华，对钱斤斤计较不像你的性格。来吧，今晚让我们庆祝一场！纪念你找到了真正的自我！干了这杯甘甜的美酒！

牛郎之间并不是合作共赢的关系，他们永远虎视眈眈，寻觅剔除对手的良机。虽然对客人来说是娱乐，但对牛郎们来说，与客人共度的时光正是他们争斗最酣的时候。大家都拼命努力，争取被客人指名、陪客人上班。为此，他们可以若无其事地拖别人后腿。当然，我无意加入他们的争斗。因为对我来说，钱没有那么重要。只要我和凉子能维持生活就够了。有几位牛郎看我是这样的态度，嘲笑我是迟钝的乡下人，但大多数牛郎认为我是一众敌军中唯一能放松交往的人，所以我在同事中的评价大致还可以。我一定会好好干下去的。近来，我有了这样的自信。

拓哉

姐姐：

今天讲一讲我的牛郎生活。

到店的女人中有几人公然提出和牛郎发生关系，店方是默认态度——不，甚至还有鼓励的意思。对店家来说，这也许是留住舍得花钱的客人最快捷的方法了吧。可来找牛郎的不仅仅是有钱的女人。还有些客人渴望恋爱，却不想花钱。这类客人对店家和牛郎来说，自然都是麻烦。

我要找的就是这样的女人。

有些女人每天都泡在店里，尽管指名了想要的牛郎，对方却一直不来。就算来了，也是不到一分钟就走。可她们还是靠一杯酒在店里待上几个小时，远远地望着中意的牛郎，目光中充满欲望。我便坐在这样的女人身边。她们的注意力起初放在喜欢的牛郎身上，渐渐开始向我敞开心扉。谁也不想和没钱的客人打交道，因此，也不会有人打扰我们。

陪对方在店里聊了好几次后，我开始约她们在外面见面。其他牛郎为了让客人来店里，几乎不会和客人在外面约会，就算约会，也会怂恿对方带自己上班。可我不做这些。我先和对方普通地见面约会几次，然后便邀对方去酒店。此时女方已经意识到我不是为了钱来的，往往自作主张地以为我爱上了她，于是傻呵呵地应约。

我压根儿没有和凉子以外的女人发生关系的念头，但为了营造氛围，还是得和人家亲个嘴。接着，我便从包里拿出绳子。有的女人见此情景眼前一亮、扭动身体，也有女人见了严正拒绝。不过她们都是同样的下场。就算不情愿，只要我稍微装出生气的样子，对方就会主动投降。说只要我温柔一些就行。

我将女人绑在床上或椅子上，在她口中塞上东西，然后用小刀割伤她的手腕。女人大受惊吓，拼命挣扎，但不用理会她们。也有些疯狂的女人喜出望外。我把准备好的塑料容器按在女人皮肤上取血。量不大，也就取不到一升。血装满容器后，我就给女人的手腕贴上创口贴，放了她们。大部分人就这样逃走，再也不来了。当然，她们也不会再来店里。但也有女人愿意和我见两三次面，还有见过四次的。

我把血带回家，凉子开心极了。身体已经彻底恢复的她，用血做出各式各样的甜点——马卡龙、冰沙、布丁、泡芙……其中我最爱吃的就是水果塔。

先从冰箱拿出黄油解冻，慢慢化开，加入砂糖。然后放入大量的血和小麦粉，搅拌均匀。最开始有点儿稀，随着持续搅拌逐渐黏稠，开始拉出好看的深粉色的丝。把做好的饼皮放入冰箱冷藏一阵子，拿出来压型。这时屋里还飘着一股腥味，可这味道和那些女人身上的腥臭不同，不会让人恶心。难道血液在脱离人身体的瞬间就变干净了吗？说起来，尽管那些女人又丑又臭，血的颜色却很漂亮。凉子将混合了血、砂糖和香草精的黄油浇在饼皮上，放入烤箱加热。最后放上发泡的生奶油和大量水果，水果塔就做好了。

加入这么多血，你可能会担心水果塔的味道一定很糟，但口感意外地清爽。非但不难吃，血还给不容易做出花样的烤甜点提了鲜。我之前从没想过，铁锈的口味竟会跟奶油如此搭配。若说色彩，就更漂亮了。前面我写到，烘烤之前的饼皮是深粉色，烤好后就成了有层次的焦糖色。光是看到那漂亮的颜色，我的鼻子里就充满了香甜的味道。吃水果塔的时候，上面的水果和饼皮一定要一起吃。我的感受非常清晰：

咬下水果时四溅的汁水会化开凝固在饼皮中的血，蓬勃的生命力瞬间苏醒，咕嘟咕嘟地直接流进血管。

我的体内涨满了力量，同时，凉子更添了几分妖冶的美。吃完点心，幸福环绕着我们，我们深深相爱。再没有什么会让我们恐惧。

拓哉

姐姐：

要不要读这封信是你的自由。无论姐姐做什么，我都不会恨你。所以，姐姐不必有任何顾虑，相信自己的判断去行动吧。

我从一个又一个女人身上收集了血液。而女人是无穷尽的。她们接二连三地出现，向我和凉子献上自己的血。

最近，生的血我们也能接受了。兑了血的白葡萄酒变得像桃红葡萄酒似的，我们把它放在冷冻室冻成冰沙，用来代替果子露撒在布丁上。

随着我们对血的需求越来越大，狩猎女人的周期也逐渐缩短。我开始有些着急了。虽然永远有女人上钩，但取到的血几乎一天就被我们用光了。我一般是白天叫夜店的客人出来，一天之内很难从两个女人身上采到血。但随着消费的血量愈加增多，只要有一天吃不到带血的甜点，凉子和我就烦躁得坐立不安，皮肤眼见着变得粗糙。有一次，我回过神来，发现我竟咬破了自己的手背，哧溜溜地舔着自己的血。

所以那一天，我迫不得已地贪心了些。

我和往常一样从女人身上采血。然而不知道为什么，那女人的血出得不顺畅。或许是血液循环不好吧。女人脸色青白，血出得越来越慢。这样连一人份的甜点也做不了。我终于发了脾气。

发现情况不妙时，女人的脖子已经被我弄出一道伤口，深得出乎意料。女人疯了似的挣扎，试图挣脱束缚。血液汩汩流下来，又从容器中溢出。我拿出浴室所有的毛巾和浴巾，用血染红了它们。它们眼看着越发漂亮了。我把吸饱了血的毛巾塞进书包。幸亏书包是塑料材质，几乎没有渗出来。

没多久，女人安静下来。由于出血量变小，

我又用刀子扩大伤口。伤口处勉强淌下涓涓细流，女人含混地呻吟着。我把小刀猛地刺进她的身体，深得连自己也吓了一跳，然后挖出里面的肉。伤口里不再有血流出，女人圆睁着眼睛，死死地盯着我，苍白的舌头在半张的嘴里垂着。

我低头冷冷地望了女人的身体一会儿，然后抱起沉甸甸的书包，离开了酒店。我已经无法回头了。

拓哉

收到最后一封信一年后，警方与我取得了联系。我交出了拓哉寄给我的所有信件。不久后，两位警官来到我家。

“感谢您的配合。”年长的那位警官朝我鞠了一躬，“这下搜查恐怕会有很大进展……虽然想这样说，可其实眼下我们很迷茫。”他夸张地摊开双手，“啊对了，房间里有一封寄给您的信，大概是拓哉的最后一封信吧。您要看吗？”

“好的，请务必让我过目。”

年轻的警官将装在塑料袋里的信拿给我。

“这封信目前还是证据，所以在调查结束前不能给您。您能否在这里读完？”

信的一半被染成了褐色。

姐姐：

从那以后，我和凉子一直在房间里闭门不出。黄油、小麦粉、奶油、巧克力、水果的存量充足，但血用完了。染满毛巾的血有股奇特的臭味——可能是沾上了清洗剂的缘故，很难入口。

没加血的甜点吃起来味同嚼蜡，再一次让我明白普通的甜点有多难吃。刚开始我硬逼着自己吃下去，但每次吃完都会不停地剧烈呕吐，反而消耗了体力。意识到这一点后，我便不再进食。

凉子则是从一开始就根本不碰普通的甜点，她可能知道自己肯定无法下咽。她的体重轻了一半，乳房就像老太婆似的萎缩而下垂。每次张口说话嘴唇都起皱，牙齿从口中噼里啪啦地掉出来。她的指甲断了，指尖滴滴答答地流下混浊的脓血，眼睛变成混浊的黄色，头发掉光了，头皮上起了无数的红疹，像一个个火山口。

我提议去采动物的血，但凉子拒绝了。她说用动物的血做的甜点没法入口。没这回事，那些女人也是又丑又臭又脏，但血液还是很干净的呀——我极力反驳。很明显，凉子的生命已经受到威胁了。可凉子说，不是人类的血就不行。她说在自己耳边低语的那个声音清楚明白地说了“人类的血”，就算找来动物的血，也绝对做不出甜点。

渐渐地，我的状态也越来越糟。我几乎一直躺在床上。那些被我采过血的女人好像出现在了房间里。我刚要用手捧住滴滴答答地从她们皮肤上流下来的血，她们便一下子消失了，房间里只剩下她们的喃喃声，分不清是嘲笑还是怨恨。

凉子的牙只剩下上面的两颗犬齿。她在意识蒙眬之间，抱着我的脖子咬了下去，却连咬破我皮肤的力气都没有。我难过地抱紧了她，她的身体吱嘎作响，脓液喷溅出来。我想割破自己的手腕，让凉子吸我的血，可我也没有力气，只在手腕上留下一些擦伤。

我到厨房转了一圈，找到了切肉的菜刀。刀很重，一刀挥下去，只怕会留下很深的伤口。于是我准备了一只深碗，挥刀对着手腕砍了下去。伴随着一个钝重的声音，我的手“砰”地飞到房间的一角，切口处像拧开了水龙头，血哗哗地流下来。我用深碗接着。凉子露出犬牙笑了，我也回以笑容。血越积越多，变成了黑色，房间也成了黑色。我浑身都畅快了许多。血溢出了深碗，我的耳朵像被棉花堵住了，力气逐渐消失，我倒在地上，重重地摔到了头，却不觉得痛。血流到地板上，凉子她……

“房间里有拓哉的尸体吗？”我问。

“没有。”警官回答，“但找到了身体的一部分：床底下有一只断手。对了，稍后可以请医生采集您的血液样本吗？做了DNA鉴定，就能确认那是不是您弟弟的手了。另外我们已经确定，房间中留下的大量已经干涸的血液和断手的DNA是一致的。”

我点了点头。

“您妹妹至今行踪不明。”警官皱着眉，“您一定很担心吧？”

“凉子是家里最小的孩子，也许是从小被娇生惯养的缘故，她的行为有时会违背常识。但我没想到，事情竟会闹到如此地步……”我以手掩面。

“拿到您提供的信件后，为了调查其背后的真相，我们做了很多努力。”年轻的警官说，“信上说的夜店是真实存在的。店里的牛郎们对拓哉的印象也和他信中的形象基本一致。不过牛郎们也隐约觉得头皮发麻。据说拓哉和他们聊天的时候总是提到血啊甜点的话题，而且无论什么客人，拓哉都一定会邀请对方在店外见面。只是大部分情况下，似乎都是客人感到不适，不理会拓哉的邀请。”

“那你们找到受害者了吗？”

“那些被放血的女人中，至今还没有人报警。如果女方把那看作某种性癖驱使下的行为，伤害罪就很难成立。至于女子被割喉一事，最近几个月已经发生了好几起在酒店杀害女性的案件，警方正在调查这些案件之间有无联系。不过，我们其实怀疑，那起案子到底是不是蓄意谋杀。”年长的警官说。

“此话怎讲？”

“首先，我们很难相信拓哉信中内容的真实性。他的信里明显有许多谎言。退一步说，就算他写的都是真的，也无法证明受害的女子真的已经死亡。照信上所说，那名女子当时只是失去了行动能力。”

我惊讶地抬起头：“那也就是说，拓哉可能无罪？”

“现在我们连他是否有犯罪嫌疑都无法确定，至于定罪就更无从谈起。他们住的房子的管家好几个月都没见到住户，觉得可疑便进入房间，结果发现地上满是干涸的血迹。警方调查时，在房子里找到了人体的一部分，仅此而已。现阶段仍不能排除单纯的事故可能。毕竟目前一具尸体也没有发现，以杀人嫌疑立案是极为困难的。”年长的警官有些难为情。

“小姐，您不必担心。”年轻的警官微笑着说，“我们经常接手这类案子，已经习惯了。警长的态度有些夸张了。而且，就算真有难办的事，还可以拜托侦探帮忙呢。对吧，警长？”

“喂，西中岛！别随便说这些有的没的。要是被人误会了，你打算怎么办？”年长的警官转身面对我：“对了，说起‘拓哉’这个名字，您能想到什么吗？”

“嗯，刚才都说了，我彻底以为那是一场恶作剧。我根本不记得自己有叫‘拓哉’的弟弟。”

“不。他叫您‘姐姐’也未必是信口开河。”年长的警官叹了口气，“因为‘拓哉’是凉子在夜店用的化名。

有那种女扮男装的牛郎为女客人提供服务的夜店，您妹妹就在那里工作。”

警官们离开后，我松了口气，回到在里屋沉睡的凉子身边。刚刚我一直提心吊胆，生怕被他们发现，看来我是杞人忧天了。刑警们根本没有怀疑。

凉子仍然睡得香甜。我一度想叫醒她，最后还是作罢。生病的时候，还是尽量让她多睡一会儿吧。

我摸了摸凉子的脸，这张脸瘦得可怜……

我和凉子幼年便失去了父母，只好成为彼此的父母，相依为命。我们是姐妹，是母女，是好友，也是同志。我经常烤甜点给凉子吃，凉子最爱吃我做的水果塔，每次都不顾形象地大嚼特嚼，吃得满嘴都是。凉子长大后的一天，离开了我的身边。似乎有人给她吹耳旁风，告诉她不能再继续这样的生活，说她和姐姐是一种互相拖累的病态关系。从凉子离开我的那天开始，我整日以泪洗面，希望她回到我的身边。

一天，凉子开始给我寄信。信的内容很奇怪，她自称拓哉，将拓哉与凉子的爱情故事讲给我听。起初我还以为她在和我开玩笑，为的是嘲笑爱慕她的我。要么就是真心实意地想骗我，或者想让我嫉妒她。但即使是这样，她假扮拓哉，却还叫我姐姐，这也太蠢了。

我选择不理会她的来信。没想到，信的内容一封比一封激烈了。我感到凉子似乎有意激我回信，于是耍起脾气来，坚持不回信。信的内容变得越发恐怖，之后就突然不再寄来了。

收到最后一封信半年后，我坐立不安，去探访了凉子的住处。

凉子病得很厉害。她变得干瘪又瘦小，身上许多地方都要融化了，背上甚至生了霉菌。我带走了凉子，我怕就这样把她放在这里，她迟早会被人误以为是一具尸体。凉子的呼吸变得十分微弱，如果不是我这个姐姐，恐怕都察觉不到她还活着。她的体重因生病而减轻，搬动时几乎没怎么费力。可怜的是，她的一只手不见了。

我拼尽全力看护凉子，可她始终不见好转。之前最爱的点心吃下去也会全都吐出来。我每晚都在凉子身边陪她入睡，痛苦不堪。

把凉子寄来的信交给警察之前的那个晚上，我把它们重读了一次，终于发现，凉子那时没有嘲笑我，而是在向我倾诉她的渴望。她吃着我做的甜点，心里的愿望也逐渐长大：她希望有一天，自己也能做甜点给我吃。而且必须是特殊的甜点——用血做的甜点，这最适合血脉相连的我们。

我决心继承凉子的梦想。

我很快就找到了你工作的店，老板看到我非常惊讶。他说我和你长得一模一样。我买了男装，把头发剪短，把皮肤晒黑，把眉毛画粗。我试着用粗重的声音讲话，试着做一些让自己显得健壮的举动。从今天晚上开始，我要成为拓哉。我必须成为拓哉。你之前就希望我成为拓哉吧？所以才故意装出反抗我的样子，引起我的注意。凉子真是容易害羞呢。我已经知道啦，你没有我就活不下去。今天晚上我就给你烤好吃的甜点，吃了它，你的病很快就会好起来。别担心，我已经知道要怎样收集材料了，是你告诉我的。先做什么好呢？就做你最想吃的吧。嗯……

要来块水果塔吗？

图书在版编目（CIP）数据

要来块水果塔吗？ /（日）小林泰三著；烨伊译
.-- 长沙：湖南文艺出版社, 2023.9
ISBN 978-7-5726-1232-9

Ⅰ. ①要… Ⅱ. ①小… ②烨… Ⅲ. ①幻想小说-小说集-日本-现代 Ⅳ. ①I313.45

中国国家版本馆CIP数据核字(2023)第104506号

著作权合同登记号：18-2022-007

要来块水果塔吗？
YAO LAIKUAI SHUIGUOTA MA?
［日］小林泰三　著　烨伊　译

出 版 人　陈新文
出 品 人　陈　垦
出 品 方　中南出版传媒集团股份有限公司
　　　　　上海浦睿文化传播有限公司
　　　　　上海市万航渡路888号开开大厦15楼A座（200042）
责任编辑　吕苗莉
装帧设计　祝小慧
责任印制　王　磊
出版发行　湖南文艺出版社
　　　　　长沙市雨花区东二环一段508号（410014）
网　　址　www.hnwy.net
经　　销　湖南省新华书店
印　　刷　深圳市福圣印刷有限公司

开本：880 mm × 1023 mm　1/32　　印张：10　　字数：162千字
版次：2023年9月第1版　　印次：2023年9月第1次印刷
书号：978-7-5726-1232-9　　定价：56.00元